# 真夏の異邦人

## 超常現象研究会のフィールドワーク

喜多喜久



集英社文庫

目次

# 真夏の異邦人

——超常現象研究会のフィールドワーク

# プロローグ

射出準備の完了を知らせる電子音が、端末室に鳴り響いた。

私は窓の外の発射口に目を向けた。灰白色の岩盤に穿《うが》たれた正方形の孔《あな》の周囲に、これといった異常は見当たらない。

目視による最終確認。もう何度繰り返したか分からないこの手順を、私は忠実に守り続けている。

コントロールパネルに手を伸ばし、スイッチを押す。

振動も、音も聞こえない。恒星の光を受けた直方体——その形状から、私は「棺《ひつぎ》」と呼んでいる——が、漆黒の宇宙空間を背景に、ほんの一瞬きらめいただけだった。

どうか、彼らの行く末に幸あらんことを——。

私は心の中で呟《つぶや》き、あっという間に小さな点になってしまった「棺」を見送った。

# DAY 0

## 1

ピスタチオの殻をゴミ袋に詰め込み、僕は茶の間を見回した。空気に混ざったアルコール臭はいかんともしがたいが、テーブルの上にも床にもゴミは見当たらない。とりあえずは片付いたと言っていいだろう。

ゴミ袋の口を縛り、ふう、と息をつく。

柱に掛けてある時計を見ると、日付が八月一日に変わってから五分が過ぎていた。サークルのメンバー全員が揃《そろ》ったのが午後八時だから、四時間以上飲み会をやっていた計算になる。こうして一人になっても、頭の中で喧騒《けんそう》の残渣《ざんさ》が響いている気がする。

『河童《かっぱ》の正体は、地球にやってきた宇宙人だ』

『かぐや姫は宇宙人が派遣したスパイである』

『霊魂は人間の体内にあるが、量子力学的な存在であり、観測しようとすると存在があやふやになる』

『幽霊は、死者の想念が空気中の水分に作用することで生成される』

『人間は誰もが予知能力を司る器官を持つが、その大半は活性化されていない』

『予知が外れるのは、未来を告げられた人物が無意識的に行動を変えるためである』

――浮かんでくるのは、そんなカオスな会話の断片ばかりだった。

僕は大きく伸びをして、茶の間から廊下に出た。辺りはしんと静まり返っている。先輩たちはもう床に就いたらしい。僕も寝よう。

一人に一部屋を割り当てた結果、三人の先輩は一階、僕だけが二階に寝泊まりすることになった。さっさと自室に戻ろうと階段に足を掛けたところで、勝手口のドアの開閉音が聞こえた。誰だろう。

台所に続くドアを開け、食器棚の向こうを覗《のぞ》き込むと、靴を脱いでいる男性の後ろ姿が見えた。

天川《てんかわ》さんがこちらに気づき、ゆっくりと振り返る。

健康状態が心配になるほどの痩身《そうしん》に、太いフレームの黒縁眼鏡。台所の窓から差し込む街灯の光に照らされたその顔は、冥府《めいふ》から蘇《よみがえ》った死者のように見えた。

「まだ起きていたのか、星原《ほしはら》」

「あ、はい。飲み会の片付けを。少し、ゴミが残っていたようでしたので」

「殊勝なことだ。悪かったな」

「いえ、いいんです。僕の家ですし」と僕は手を振った。今回のサークル旅行では、利便性を考慮して、僕の実家を宿泊施設として使っている。

「天川さんは、どうして外に？　酔い覚ましですか」

「いや、夜空を見ていた」

「ああ、なるほど……いつもの……」

すぐに、天川さんの行為の意味に思い至る。夜空を見ると言っても、望遠鏡で天体観測をするわけではない。彼が探していたのは、空を不規則に飛び回る怪しい光――いわゆる未確認飛行物体《ＵＦＯ》だ。

「どうですか。何か見つかりましたか」

「見つかっていたら、全員を叩《たた》き起こしに行っていただろう」と天川さんは真顔で答えた。彼は宇宙人に対して並々ならぬ好奇心を抱いている。ただし、興味はありすぎるくらいにあるのに、まだ一度もＵＦＯを見たことがないそうだ。

「それにしても、この村の夜空の美しさは格別だ。これなら、宇宙人がやってきてもおかしくはない。今回の調査は大いに成果が期待できそうだ」

「……そうですか」

　確かに、天川さんの言う通り、僕たちは調査のためにこの地にやってきた。ただ、僕はあくまで同行者にすぎない。ゆえに、何かに期待を寄せるということもない。エベレスト登山を手伝うガイドが、淡々と職務をこなすのと同じだ。

「さて、夜更かしはこの辺にするのがよかろう。調査では、村じゅうを歩き回ることになる。しっかり休んでおけ」

「そうですね。では、僕は部屋に戻ります」

回れ右をしかけたところで、「星原」と呼び止められた。

「なんでしょうか」

「世の中には無数の不思議がある。その中には、宇宙人が絡んでいるものもある。私はそう信じている」

「……………。おやすみなさい」

僕は軽く頭を下げ、小走りに階段を駆け上がって自分の部屋に飛び込んだ。

ちょっと、無愛想すぎたかもしれない。うまく返事ができなかったのは、天川さんの瞳《ひとみ》があまりに真剣だったからだ。

子供の頃は、僕もあんな風だったのかな——ちらりと浮かんだその考えを、僕はすぐさま頭から追い出した。

着替えを済ませ、明かりを消して、布団に横になる。

目を閉じて眠ろうとするが、眠気はいつの間にか消え去っていた。天川さんと余計なやり取りをしたせいだろうか。あるいは、サークル旅行というシチュエーションが、今になって僕の交感神経を活性化し始めたのだろうか。

僕が所属しているサークル、〈超常現象研究会〉——通称〈超現研〉は、その名の通り、常識では計りきれない不可思議な現象を研究することを活動目的としている。ちなみに、超現研は四人だけの小規模なサークルで、僕以外の三人は全員大学二年生だ。

彼らは毎週金曜日の夜、大学の近くにある喫茶店に集まり、オカルトに関する話で盛り上がる。建設的な結論が出るわけではない。誰かが持ち込んだテーマについて、ああでもないこうでもないと、終わりのない議論を繰り広げるだけだ。

参加義務があるため毎回顔を出すが、僕は口を挟むことはない。僕はオカルト信奉者ではないごく普通の大学生であり、よんどころない事情でサークルに籍を置いているだけだからだ。

超現研には、もう一つ活動目的がある。そのことを、僕は夏休みに入る直前に知った。なんでも、超現研では、長期休暇を利用して調査旅行に出かける習わしになっているのだという。調べる対象は、当然オカルト関連の現象だ。

とはいえ、超現研は会長の天川さんが設立した新興サークルなので、調査旅行はこれまでに二度しか実施されていない。一回目が「熊本で目撃されたＵＦＯの調査」で、こちらは去年の夏。二回目は冬休みで、「心霊スポットとして有名な、愛知県にあるトンネルの調査」。調査結果は聞いていないが、会話の中にそれらの話題が全然出てこないところを見ると、たぶん肩透かしに終わったのだろう。

そして、今回。偶然とは恐ろしいもので、訪問先として選ばれた冥加村《みょうがむら》は、僕が生まれてから小学校時代までを過ごした地だった。

とはいえ、偶然はあくまで偶然。僕は参加を辞退する気でいたのだが、先輩たちが、「宿泊施設のない冥加村で寝泊まりする場所を確保する必要がある」「地元をよく知る人間が一緒なら、調査は間違いなくスムーズに行く」と強く主張したため、こうして、同行を受け入れるに至った次第である。別に、情や熱意にほだされたわけではない。断ったら、とんでもない手段で——それこそオカルト的なやり口で——参加を迫られる可能性があったからだ。先輩たちは、目的のためなら手段を選ばない。僕はそのことを嫌というほど理解している。

僕は父の仕事の都合で、小学校卒業と同時に村から東京に引っ越した。冥加村に足を踏み入れるのは、祖父の三回忌以来のことだ。たまには里帰りも悪くないじゃないか、と僕は行きの新幹線の中で自分を納得させたのだった。

とりとめもなく、あれこれ考えを巡らせるものの、依然として睡魔が訪れる気配はなかった。

一度、気分を変えた方がいいかもしれない。僕は布団を抜け出し、ガラス戸を開けてベランダに出た。

前髪を揺らす涼しい風を感じながら、ベランダの手すりに両肘を乗せて、わずかに身を乗り出す。

実家の裏手には、雑草が好き放題に伸びた、バスケットコートくらいの広さの庭があり、その奥は鬱蒼《うっそう》と木々が生い茂る森になっている。森は北に向かって続き、やがて、眼前に聳《そび》える冥加山の一部になる。

冥加山は山脈の一部ではなく、富士山のような独立峰だ。数千年間噴火していないようだが、分類上は火山になるらしい。岩石の組成など、地学的にはいろいろ面白い特徴があると小学生の時に習ったが、細かいことは忘れてしまった。

冥加山はさほど高い山ではないが、距離が近いのでかなり大きく感じる。その輪郭は、夜空を背景に、整った二等辺三角形を描き出している。ただし、完全な円錐形《えんすいけい》ではない。中腹から麓まで一直線に続く、切り立った崖があるからだ。崖の高さは、数十メートルはあるだろう。白い岩肌がむき出しになっているので、海苔《のり》が巻かれたおにぎりを一口だけ齧《かじ》った痕に見えなくもない。

こうやって冥加山を眺めていると、自然と昔のことが思い出される。

子供の頃、僕は父親に頼んで、週末になるたびに、山の頂上にある天文台に連れて行ってもらっていた。そこに勤めていた職員の人と親しくなり、観測の真似事《まねごと》をさせてもらったこともあった。夢中になりすぎて、いつの間にか疲れて眠り、起きたら自宅の布団の中だった、ということもしょっちゅうだった。

天文台はすでに閉鎖され、僕も今はこの村の住人ではない。しかし、ベランダから見える景色は、当時と何も変わっていない。

胸を満たす郷愁に促されるように、僕は夜空を見上げた。

そこにも、昔と同じ光景が広がっていた。

満天の星空。

空を埋め尽くすほどの光の粒が、そこにはあった。地上の闇が深ければ深いほど、夜空の明るさが際立つ。人工の光に溢《あふ》れた街中にいては、絶対に気づけない、宇宙が作った芸術だ。村には名物と呼べるようなものは何もないが、この星空の美しさは誇ってもいいのではないかと思う。

ひんやりした夜気に身を任せるように、僕は目を閉じた。頬《ほお》を撫《な》でていく風には、森の木々の香りが混ざっている。自然と、心が安らいでいく。これなら眠れそうだ。

僕はこみ上げてきたあくびをかみ殺し、ベランダから部屋に戻ろうとした。

その時、視界の隅を何かが掠《かす》めた。

なんだろう――?

何気なく視線を向ける。右斜め上。直線距離にして二十メートルほど。空中を何かが飛んでいた。

嘘《うそ》だろ？　僕は慌てて手の甲で両目をこすった。だが、見間違いなどではなかった。正体不明、謎の物体は確かにそこに「いた」。

物体の形状は直方体で、大きさは二～三メートルくらいだろう。暗くて判然としないが、色はおそらく黒だ。ゆっくりとした速度で、森の上空を飛行している。まっすぐに冥加山の方に向かっているようだ。

僕はベランダの手摺《てす》りを握り締め、悠然と空を飛ぶ謎の物体を凝視した。

——あれは一体、何なんだ？

サイズからすると、宣伝用のラジコン飛行船に見えなくもない。休日などに、時々空を飛んでいるのを見かけたことがある。こんな辺鄙《へんぴ》な村で、しかも夜中に、誰に向けて宣伝するつもりなのかは分からないが、解釈としてはありうる。

しかし、飛行船にしては角張りすぎているし、翼もプロペラも見当たらない。そんな形状で果たして飛べるものなのだろうか。特別な骨組みを持った風船なら、飛行は可能かもしれないが、浮力と重力がたまたま釣り合っているにしては、高度が安定しすぎている。自然に任せているのではなく、何者かがコントロールしているように見えた。

あるいは、凧《たこ》という可能性は？　小学校の頃、課外授業で箱状の凧を作って飛ばしたことがある。あれは意外なほどにうまく揚がった。

だが、謎の物体の真下には森が広がっている。あんなところで凧を揚げたら、すぐに糸が枝に絡まってしまう。

ラジコンではない。風船でもない。凧でもない。結局、そこで僕の思考は行き詰まってしまった。

もっともらしい答えを出せずにいるうちに、謎の物体はもう、冥加山のすぐ近くに迫っていた。切り立った崖に向かって一直線に進んでいる。

じっと見守っていると、ふいに謎の物体が高度を下げ始めた。崖をなぞるように降下を続け、やがて謎の物体は森の向こうに姿を消した。

その姿が見えなくなってからも、僕はしばらくベランダから動けなかった。両腕に鳥肌が立っていた。

――お前は、ありえないものを見たのだ。

僕の直感が、さっきからずっとそう叫び続けていた。常識では計り知れない、人智を超えた存在を目の当たりにしたのだと、本能が強く訴えていた。

もしかしたら――。

衝動が心の奥から込み上げてくる。もしかしたら、本物かもしれない。

僕はその可能性を信じかけている自分に気づき、慌てて首を横に振った。

常識の範疇《はんちゆう》に答えがないなら、常識の外に出ればいい——それは、かつて僕が念入りに封印したはずの、危険な発想だった。裏付けのない仮説を持ち出して、未知の現象を解釈する。その行為は、世界のルールを知らない子供だけに許された特権だ。

僕は高校で理系を選択し、科学的な思考を身に付けた。ある現象が理解できないのは、それを説明するためのデータが不足しているからだ。データが揃ってさえいれば、どんなに不可思議に見える現象でも説明できるはずだ。

僕は部屋に戻り、リュックサックの中から懐中電灯を取り出した。何かの役に立つかもと思って持ってきたが、まさかこんなに早く出番が来るとは。

冥加山までは多少距離があるが、幸い、実家には自転車が置きっぱなしになっている。崖の近くまでなら、三十分もあればたどり着けるだろう。

謎の物体の正体を確かめに行く。迷いはなかった。決して、オカルト的な興味を満たすためではない。不可解な現象を現実に落とし込むために、僕は行く。

先輩たちを起こせば、騒ぎが大きくなるのは目に見えていた。僕は足音を殺しながら階段を降り、勝手口から外に出た。

## 2

冥加山へ向かうには、深い森の中の道を通らねばならない。道沿いに民家はなく、梢《こずえ》と枝葉のシルエットが延々と続いている。

森には、ウサギやタヌキ、イノシシなど、様々な生物が棲《す》んでいる。僕が子供の頃には、巨大なクマが目撃され、大騒ぎになったこともあった。だが、今はしんと静まり返っている。静かすぎるせいで、自転車のライトのローラーとタイヤが擦れる音が異様に大きく聞こえる。

徐々に傾斜がきつくなる道をひたすら自転車で走っていると、左手に見えていた森が急に途切れた。

ガードレールの向こう、急な斜面の下。ベガ、デネブ、アルタイル――夏の大三角が池の水面に落ちている。冥加池という、ひねりのない名が付けられた楕円形《だえんけい》の池だ。

冥加池の右奥には、崖の岩肌が見えている。その白さゆえに、崖は周囲の闇から浮いていた。まるで、何もない暗黒の空間から、滝の水が激しく流れ落ちているようだ。数百年前に起きた地震で山の一部が崩れ、こんな地形になったらしい。

あの崖の下辺りに、謎の物体が降下したように見えた。だが、池があるので、ここから直接現地に向かうことはできない。遠回りになるが、冥加山の周囲をぐるりと一周して、山の反対側から斜面を下りていくしかない。

僕は傾斜に負けないように、ペダルを強く踏み込んだ。

道は、ねじにつけられた溝のように、山を螺旋《らせんじょう》状に巡っている。上空から見ると、反時計回りになっているはずだ。僕は両足に蓄積し始めた疲労を無視して、休みなしにペダルを漕《こ》ぎ続けた。

何回目かのカーブを切り抜けた時、道の先に、崖の裏側を通るように掘られたトンネルの入口が現れた。

道路脇に自転車を停《と》め、辺りを見回す。斜面に面したガードレールの一部が途切れている。

そちらに近づき、懐中電灯で照らしてみると、コンクリートの階段が、木々の隙間を縫うように続いているのが見えた。今から三十年ほど前に、崖の下で、恐竜の化石が見つかったことがあったと父が言っていた。その当時に使っていた階段だろう。斜面はかなり急角度だが、ここから崖の下に行けそうだ。

ガードレールの隙間を抜け、手摺り代わりに取り付けられた鎖を摑《つか》みながら、慎重に階段を降りていく。誰も整備などしていないらしく、木の枝が行く手を遮るように伸びている。

苦心しながら闇の中を進んでいくと、やがて階段の終わりが見えてきた。その先は平《へい》坦《たん》な土の地面に続いている。ようやくゴールに着いたようだ。

残りの数メートルを一気に降りる。ひと息ついて上方に目を向けると、巨大な壁のように、真っ白な岩盤がそそり立っていた。崖の間近には森が迫っており、旺盛に成長した枝葉で星明かりが遮られているせいで、辺りは非常に暗い。

懐中電灯で足元を照らしてみる。下草は生えておらず、荒涼とした白っぽい地面が続いている。時々岩盤が崩れてくるのか、一抱えもありそうな岩が、そこかしこに落ちていた。

しかし、僕が目撃したあの物体も、それが落下した痕跡も見当たらない。

——もしかすると、あれは単なる見間違いだったのだろうか。

そう思った時だった。

ゆっくりと動かしていた光の輪の中に、突然、黒い塊が出現した。

大人一人がちょうど入るくらいの、長方形の箱が地面に無造作に置かれていた。表面は黒真珠のように柔らかく艶めいていて、ドラキュラが昼間に姿を隠す棺を連想させる。形状からして、僕が見かけた、謎の飛行体で間違いなさそうだ。

僕は生唾を飲み込み、慎重に「棺」に近づいていった。

まずは、じっくりと観察する。材質はなんだろう。木や金属ではない。表面の滑らかさは、むしろプラスチックっぽい。そして、やはり翼やプロペラらしきものはどこにも付いていない。配線や突起物もない。見事なまでにつるつるだ。これで、どうして空を飛べるのか。奇妙としか言いようがなかった。

もっと詳細に調べねばと思い、僕は「棺」にそっと触れた。滑らかで、ほんの少し温かい。微《かす》かな振動も感じる。まるで生きているみたいだ。「棺」からは、シューシューと空気が漏れるような音がしている。

中には何が入っているのだろう——？

蓋を開けようと手を掛けた瞬間、強烈な閃光《せんこう》が僕の視界を真っ白に塗り潰した。

慌てて目を閉じ、両手で顔を覆うが、それでも眩《まぶ》しさはいささかも減弱されない。網膜を焼き尽くさんばかりに、「棺」は激しく輝いている。

ここにいてはいけない。混乱する頭で僕はそう悟った。自分は禁忌に触れたのだ。

逃げ出そうと体を反転しかけた、まさにその時、まるで僕を呼び止めるかのように、突如として光が弱まった。

僕は足を止め、指の隙間から様子をうかがった。「棺」から伸びた帯状の光が、僕のTシャツの胸元に一本の白線を描き出している。

白線は、僕の体をなぞるように腹部からつま先へとゆっくり降りていき、地面に触れたところでふっと消えてしまった。

僕は光の残滓を拭い取るように、何度もまばたきを繰り返した。「棺」は元の場所から動いておらず、外観もさっきと変わっていない。

今のは、いったいなんだったんだ……？

自問自答しても、答えなど分かるはずもない。ただ、今の出来事で僕は確信していた。この物体は、ラジコン飛行船や凧などではない。僕の知らない機能を備えた、高度な機械に属するものだ。

ならば、どうすべきか。僕は迷いながら、再び「棺」に近づいた。「棺」は音を立てることも光ることもなく、艶のある黒い表面に僕の顔を映し出している。

覚悟を決めて、もう一度「棺」に手を伸ばす。

指先が表面に触れた刹那《せつな》、静止していた「棺」がわずかに揺れた。

やばいと思い、僕は慌てて距離を取った。また光りだすのか。腰を落とし、ディフェンシブなボクサーのように、顔の前に両手の拳を構える。

その姿勢のまま息を呑《の》んで見つめていると、物体の側面、ちょうど真ん中あたりに、まっすぐな亀裂が入った。

すうっと蓋が持ち上がり、音もなく向こう側に倒れ込む。それきり、「棺」はまた動かなくなる。

背中にのしかかってくるような、重い沈黙が僕を包んでいた。

僕はごくりと喉を鳴らし、そっと「棺」の中を照らした。

僕は我が目を疑った。

「……え？」

「棺」の中で、一人の少女が仰向けに眠っていた。

透明感のある、金色の長い髪。柔らかく輝く、白い肌。優しい丸みを帯びた頰。緩やかなカーブを描く長い睫毛《まつげ》。凜々《りり》しさを感じさせる細い眉は、鳶色《とびいろ》をしている。

年の頃はおそらく十代。僕と同じか、少し下だろう。女性にしては背が高い。一七〇センチ近くはある。服装はちょっと普通ではない。レオタードのような、体の線を際立たせる、黒色の薄い服に身を包んでおり、足にはバレエシューズに似た、窮屈そうな銀色の靴を履いている。まるで前衛芸術の演者のような姿だ。

整った容姿に奇妙な服装。僕は一瞬、精巧に作られた人形が中に入っていたのだ、と信じかけた。だが、よく見ると胸が上下しているのが分かる。紛れもなく、彼女は生身の人間だ。

予想外の展開に、僕は口を半開きにしたまま、時が経《た》つのも忘れ、ずっと少女の顔を凝視し続けていた。脈拍は異様なほどに早くなっていたし、風邪で高熱を出して寝込んでいる時のように、頭がぼんやりしていた。だから、彼女が何の前触れもなく、いきなり目を開いた時、自然と僕たちは見つめ合う格好になった。

彼女の瞳は、深い蒼色《あおいろ》をしていた。

「あ……」

僕は言葉にならない声を漏らし、尻餅をついた。雷に打たれたのだ、と思った。電流に似た強烈な衝撃が背中を駆け下りていったからだ。全身が痺《しび》れたようになっていて、僕は身じろぎすらできずにいた。

彼女が、「棺」のふちを摑んでゆっくりと体を起こした。緩慢な動きで辺りを見回し、それから星空を見上げる。意識がはっきりしていないらしく、動作の一つ一つにぎこちなさがある。

彼女はバスタブに浸かっているような姿勢で、こちらに顔を向けた。

「……znnancrn mgmn nancrn ？」

まったく聞き取れず、僕は地面にへたり込んだまま、「は？」と聞き返した。

「clhfemgnin……！」

彼女は、両目を大きく見開き、また何事かを呟いた。表情からして、おそらく驚いているのだと思うが、彼女の言葉はやっぱり理解できない。英語ではないようだ、ということがかろうじて分かるくらいだ。

僕はぎくしゃくと立ち上がり、大げさに首を横に振ってみせた。

「すみません、僕には、あなたが、何を、言いたいのか、分かりません」

英語には自信がなかったので、ひとまず日本語で説明する。伝わっただろうか。祈るような気持ちで返事を待つ。

彼女は僕の顔を凝視している。目線を固定したまま、「棺」の底に手を突いて彼女が立ち上がろうとする。その体が、途中でぐらり、とよろめいた。

「危ない！」

彼女が横向きに倒れ込んでくる。脇腹に抱き着いて支えようとしたが、勢いに押され、もつれ合うようにして僕たちは地面に倒れ込んだ。

体の上にのしかかる、重みと柔らかさ。ちょうど僕の心臓の辺りに、彼女の右耳が当たっていた。おまけに、不可抗力とはいえ、彼女の脇腹は僕の股間に当たっている。なんというか、これはまずい。

「だ、大丈夫ですか」

声を掛けるが、彼女の反応は鈍い。顔をしかめながらのろのろと立ち上がり、彼女は二、三度首を振った。体調が悪いのだろうか。彼女はその蒼い瞳で僕を一瞥《いちべつ》し、「棺」のそばにしゃがみ込んでしまった。

僕は嘆息して、額に滲《にじ》んだ汗を拭った。

何がいったいどうなっているのか。なんとか現状を把握しようと、僕は混乱のさなかにある頭で必死に考えを巡らせる。

　どうして彼女は「棺」の中にいたのか。落下の際に相当な衝撃があっただろうし、最初から「棺」に乗っていたはずはない。地上にいて、僕と同じように、落ちてくる「棺」を見かけてここまでやってきたのだろう。だが、こんな夜中に、得体の知れない箱に隠れたりするだろうか？　いや、自分の意志ではなかったのかもしれない。例えば、悪漢に追われて森に逃げ込み、目の前に落ちてきた「棺」を見て、とっさに身を隠した——無理があるか。危険が迫っているのに、こんなところに隠れたりするはずがない。明らかに怪しい人工物が置かれていれば、追っ手はあっさり気づき、蓋をこじ開けようとするだろう。普通なら、もっと遠くに逃げようとする。

　待てよ……『彼女は地上にいて、落下してきた「棺」に隠れた』という仮定が、誤っていたとしたら……。

　その時、ある可能性が、悪寒と共に僕の脳裏をかすめた。

　もしかしたら、彼女は遠い星からやってきた宇宙人で、あの「棺」は宇宙船なのではないか——？

　その仮説を思い付いた瞬間、僕は自己嫌悪に陥った。確かに、状況を説明するには最適な答えかもしれない。だが、あまりに荒唐無稽すぎる。

　あれこれ考えるのは止《や》めよう。僕は出口の見えない思考の迷路から離脱することを決めた。今は夜中で、ここはひと気のない場所なのだ。このままにはしておけない。

「あっ、あの、すみません」

呼び掛けると、彼女は膝を抱えたままこちらに顔を向けた。薄闇の中に浮かぶ二つの瞳はどこまでも澄んでいて、目を合わせると吸い込まれそうになる。

「ええと。事情は全然分からないですし、たぶん言葉が通じてないと思いますけど、一応お伺いしますね。今日は、どこに泊まってるんですか」

言葉だけでは足りないと思い、僕は「スリープ、スリープ」と繰り返しながら、地面に寝転がってみせた。傍《はた》から見たら明らかに不審者だが、運良く伝わったらしく、彼女は目を伏せて首を振った。どうやら、泊まるところがないらしい。やはり、突発的な事態に巻き込まれてここにたどり着いたのだろう。

そういうことなら、とりあえず僕の家に一泊してもらって、落ち着いてから状況を尋ねた方がいい。幸い、空き部屋はまだある。

しかし、そんな申し出をして、果たして受け入れてもらえるだろうか。拒絶されたら、と思うと、なかなか言葉が出てこない。

涅槃仏《ねはんぶつ》のように地面に横になったまま逡巡《しゅんじゅん》していると、ふいに僕の背後で茂みが音を立てた。

体を起こして振り返る。微かに枝葉が揺れていた。森の野生動物が、僕たちに気づいて引き返したようだ。あまりぐずぐずしていると危険かもしれない。気性の荒い動物なら、なわばりを荒されたと勘違いして襲ってくる恐れもある。

僕は立ち上がり、崖の上の道を指差し、ありったけの勇気を振り絞って言った。

「あ、あの、泊まるところまで連れて行きますよ。よかったら、その、どうですか」

彼女は僕を見上げて、何度かまばたきをした。

永い時間が過ぎたような気がしたが、実際はほんの十数秒のことだっただろう。

やがて、彼女はためらいがちに小さく頷《うなず》き、ゆっくりと立ち上がった。僕は安堵《あんど》した。

よかった、とりあえずは受け入れてくれたみたいだ。

「じゃあ、案内しますよ。行きましょう」

並んで歩き出してすぐ、彼女が立ち止まった。

「あれ、どうかしました」

「znhmgfe」

彼女はおぼつかない足取りで「棺」に近づくと、開きっぱなしだった蓋を閉め、心臓マッサージでもするみたいに、「棺」を両手で上から強く押した。

次の瞬間、目を疑うようなことが起きた。

薄い雑誌を閉じた時のような音を立てて、「棺」がぺしゃんこに潰れたのである。一瞬にして、直方体だった「棺」は、薄くて黒い板に姿を変えていた。

僕は首をひねった。触った感じでは、相当な強度がある気がしたのだが……。

彼女は続けて、板状になった「棺」を端から丸めだした。海苔巻きを作る要領で巻ききり、一本のまっすぐな棒ができあがる。

……ちょっと待て。なんだ、今のは？

ますますわけが分からなくなる。時には頑丈な箱に、時には軟らかな板に。これほど簡単に強度を変えられる材料が、世の中にあるのだろうか。

地球上にはない、未知のテクノロジーなら——。

一瞬だけ脳裏に浮かんだ可能性を、僕は慌てて押し留めた。まさか、そんな馬鹿なことがあるはずがない。カーボンナノファイバーとか、複雑な原料から合成された最先端ポリマーとか、そういう、僕が知らない材料で作られているに違いない。

そうやって思い悩んでいるうちに、彼女は「棺」を変形させた杖《つえ》を支えに、足を引きずるようにしながら戻ってきた。

かなり具合が悪そうだ——。

そう思った瞬間、僕は最前の葛藤を忘れて、無意識的に手を差し伸べていた。

彼女が空いている方の手で、僕の手をぎゅっと握る。その温《ぬく》もりに反応して、僕の心臓が大きく跳ねる。

心臓がどくどくと激しい音を立てている。体温が二℃くらい上がっているかもしれない。参ったな、と僕は胸の内で呟く。いくら女性慣れしていないとはいえ、手を繫《つな》いだくらいでこんなに激しい反応が起きるとは。

僕はすぐ隣にいる彼女の横顔をうかがった。こちらの狼狽《ろうばい》に気づいていないらしく、少女は杖をつきながら、慎重に歩き出した。

いかんいかん。一人で興奮していたら完全に変な人だ。

僕は体のほてりを鎮めるように深呼吸を繰り返しつつ、彼女と歩調を合わせて、ゆっくりとその場を離れた。

# DAY 1

## 1

サッカーのキックオフのホイッスルに似た甲高い音で、僕は目を覚ました。どこかで鳥が鳴いているらしい。

寝ぼけ眼で室内を見回していると、枕元で携帯電話が鳴り始めた。あらかじめセットしてあったアラームを解除し、念のために時刻を確認する。午前七時半。朝のミーティング開始まで三十分。身支度を整えるには充分な時間がある。

カーテンの隙間から、眩しい光が差し込んでいる。よく晴れているようだ。暑くなりそうだな、と顔をしかめた時、唐突に昨夜の記憶が蘇った。

そうだ！　僕は崖の下で――。

目を閉じると、堰《せき》を切ったように、数時間前の記憶が浮かんでくる。

ベランダから目撃した、謎の飛行物体。部屋を抜け出し、自転車を走らせた山道。崖下へと降りる、急な階段。地面にぽつんと置いてあった、「棺」。その、滑らかな表面。

「棺」に触れた瞬間に放たれた、強烈な光。その中に横たわっていた、金髪の少女。そして、彼女を自転車の後ろに乗せて走った、山道のカーブ。

記憶と、それに伴う感覚はどれもリアルだ。しかし、内容はあまりに現実離れしすぎている。こうして思い返してみても、正直、夢を見たのだとしか思えなかった。

僕はタオルケットを剝《は》ぎ取り、布団を抜け出した。ここであれこれ考察していても仕方ない。自分の目で、現実なのかどうかを確認するだけだ。

着替えを済ませ、廊下に出て、奥の部屋に向かう。崖の下で出会った少女は、隣の空き部屋に泊まっているはずだ。僕の記憶が確かならば。

夢かうつつか。覚悟を決めて拳を握り締め、ドアを軽くノックする。

息を潜めて物音に耳を澄ますが、しばらく待っても反応がない。まだ寝ているのか、それともやっぱり幻だったのか。待ちきれなくなり、僕はドアを少しだけ開けた。

誰もいないことはひと目で分かった。赤いカーペットの上に敷いたはずの布団は姿を消しているし、彼女の存在を示す痕跡はどこにも見当たらない。

僕は長く息を吐き出した。

やれやれ、昨日のあれは、どうやら夢だったようだ。ちょっとオカルト色が強すぎたのは、先輩たちの影響のせいだろうか。「宇宙人と出会ってしまったかも」などと狼狽した自分が恥ずかしい。

安心した途端に、お腹がぐぅと鳴った。腹が減ってはなんとやら。ミーティングまでに食事を済ませておこう。実家の電気と水道は使えるようにしてあるが、調理が面倒なので、食事はパンやレトルト食品でまかなうことになっている。

微妙に跳ねた後ろ髪を触りながら階段を降りたところで、横手から「星原くん！」と呼び掛けられた。

「ああ、月宮《つきみや》さん。おはようございます」

月宮さんは一学年上の先輩であり、超現研の一員だ。黄色いTシャツとタイトなジーンズに身を包んだ彼女は、今朝もいつものヘアスタイル――長い髪を左右の側頭部で球状にまとめる、いわゆるお団子ヘア――だった。そのシルエットは、千葉県にある某有名アミューズメントパークのマスコットキャラクターの黒いネズミに若干似ている。

「おはよう！　ねえ、あの外人さんって、星原くんの知り合い？」

どきり、と心臓が鳴る音が聞こえた気がした。

「外人って、金髪の女の子のことですか？」

「そうそう！」と月宮さんは嬉《うれ》しそうに頷く。

なんということだ。やっぱり昨夜の出来事は現実だったのだ。布団を押入れにしまってから、彼女は部屋をあとにしたらしい。

もうここから去ってしまったのだろうか。「どこで見かけたんですか」と僕は月宮さんに尋ねた。

「え？　あたしが起きた時に、誰かが二階から降りてきてね。あ、星原くんだ、って思ったら、知らない女の子でしょ。しかも、とびきり可愛《かわい》いし。あたし、ホントにびっくりしちゃって、呆然《ぼうぜん》としてるうちに玄関から出て行っちゃったんだ。あの子、どこの国の人？」

「い、いや、ちょっと分からないですね」

月宮さんは「ん？」と小首をかしげた。

「でも、金髪だって言ったじゃない。知り合いなんでしょ？」

「えっ。えっと、それはですね……」

「夜中に会ったんですよ」

いきなり、背後で「いい声」が聞こえた。振り返ると、デジタルビデオカメラを構えた、長髪の男性が目の前に立っていた。日野劉生《ひのりゅうせい》さん。一九二センチの長身と、泣く子も黙るイケメンっぷりを誇るこの人もまた、東王《とうおう》大学の二年生で、超現研のメンバーの一人である。

「それ、どういうこと？」と月宮さんが日野さんに尋ねる。

「昨夜、夜中にふと目が覚めたので、録画したデータを確認していたんです」と言って、日野さんは愛用のビデオカメラを軽く撫でた。彼は低くて深みのある渋い声の持ち主で、常に丁寧語で喋《しゃべ》る癖がある。

「そうしたら、勝手口のドアが開く音が聞こえてきましてね。廊下にそっと顔を出して様子をうかがうと、星原くんが、外国人の少女を連れて入ってくるのが見えたんです。これは捨て置けないと思いましてね」

日野さんはにやりと笑って、再びビデオカメラを構えた。

「撮ったんだね！」

「ええ」日野さんは月宮さんにレンズを向けた。「バッチリと」

「グッジョブだよ、日野くん」

月宮さんは僕に向き直り、喉元に人差し指を突きつけた。

「どういうことなの、星原くん！」

映像を押さえられていては、もはや言い逃れは不可能だ。認めるしかないが、果たして「棺」のことを明かしていいのだろうか。

超現研の先輩たちは、不思議な現象を何より好む。その子は空から落ちてきた箱の中に隠れていたんです、などと馬鹿正直に答えたら、「宇宙人キター！」と、揃って眼の色を変えるに決まっている。

ただ興味を示すだけならまだいい。しかし、もし先輩たちが、彼女の体の作りを調べたいとか言い出したら……。

三人の手によって捕獲され、ベッドに縛り付けられた彼女の姿を想像した途端、頭に血が上った。いかん。それだけは絶対ダメだ。

とても本当のことは言えない。それが僕の出した答えだった。

「あの、実は……夜中に散歩に出たら、あの子に偶然出会ったんです」

「夜中って、飲み会のあと？」

「ええ。なんとなく寝付けなくて、気晴らしに山に向かう道を自転車で走ってたら、道端に彼女がいたんです。荷物も持ってないし、一人きりだし、時間も時間なんで、ウチに泊まってもらったんです」

「ふーん」月宮さんはつぶらな瞳で僕を見つめている。「それ、ホントのホント？」

「もちろん、真実です」七割くらいは。「僕だって、突拍子もない話だと思いますよ」

「同感同感。で、あの子と会話はしたの？」

「いいえ、向こうの言葉が全然分からなくって。会話は成立しなかったですね。ボディ・ランゲージでなんとか対応した、って感じです」

「ふーん。でも、なんでそんな場所にいたんだろう……」

「……奇妙ですね。彼女は本当に、生きた人間なのでしょうか」

日野さんが僕にレンズを向けながら言う。

「どういうことですか？」

「ズバリ、霊だったのではないでしょうか。怪談でよくあるでしょう。夜道で出会った女性を車に乗せて走っていたら、いつの間にか消えてたというアレです」

呆《あき》れつつも僕は納得した。心霊現象に強い興味を持ち、霊を撮影するためにいつもビデオカメラを回している日野さんなら、そういう答えに行き着いて当然だ。

「いや、さっき月宮さんが目撃しているじゃないですか」と僕は反論した。「それに、映像に収めたんですよね？」

「霊はカメラに映るものです。俺たちは揃って霊を目撃していたんです」

「そんな無茶苦茶な……あ、そうだ！」僕はぽんと手を打った。「彼女の体は温かかったです。やっぱりその説はありえませんよ」

「え？」月宮さんが目を大きく見開いた。「星原くん、触ったの？」

「あ、え、えーっと。握手です、握手」

一応、手は握ったから嘘ではない。倒れてきた拍子に抱き合う格好になったことはもちろん言わずに済ませる。

「どうですかね。霊魂は人の精神に強く影響を与えます。そこに実体はなくても、温もりを感じることもありえます。すべては星原くん、君の錯覚だったんです。生きていると思い込んだからこそ、霊と握手ができたんです」

「そんなことはない……と思いますけど」

一瞬、そうかもしれない、僕は幽霊と会話したのかもしれない、という疑念が脳裏をよぎった時、玄関の戸が開く音が聞こえた。

僕と月宮さんと日野さんが、同時にそちらを向く。

夏の朝の光を背景にして立つ、すらりとした影。金色の髪に、黒くて薄いレオタードのような服。そこにいたのは、昨夜の少女だった。

「namg fkkc skcrclmgclf」

少女は意味不明なことを言って廊下に上がると、僕に向かって軽く手を挙げた。うまく返事ができず、僕は会釈をした。

「……おお、とうとう本物の幽霊に出会ってしまった……」

日野さんが感極まったというように声を震わせる。

「いやいや、だから、生身の人間なんですってば」と僕はツッコミを入れた。

「ほえー。やっぱりすっごい美少女」月宮さんが目をぱちくりさせる。「せっかくだし、ちょっとお話ししてみよっかな。Hi, Can you speak English?」

いやに流暢《りゅうちょう》な英語で月宮さんが話し掛けた。「英語を話せますか」という問いに対し、少女は小首をかしげただけだった。

「げげ、通じない。となれば……本気を出すしかないな」

月宮さんは腕まくりのポーズを取ると、今度は他の言語で話し掛け始めた。「あなたは○○語を喋れますか？」と訊《き》いているらしい。何カ国語マスターしているのか知らないが、結構すごい特技だ。だが、少女はそのいずれの問い掛けにも無反応だった。

「うーん、お手上げだ」

月宮さんは苦笑して、実際に両手を挙げた。それを見て、少女も手を挙げた。二人揃って万歳をする格好になった。

「――うむ？　なぜ、廊下に集合している？」

廊下の曲がり角から、天川さんが姿を見せた。トイレに行っていたらしい。

「誰だ、その外国人の少女は」

月宮さんと日野さんの視線がこちらを向く。お前が答えるのが筋だ、とその目が語っている。僕は二人に促されるように、少女と出会った経緯を天川さんに説明した。もちろん、「棺」から出てきたくだりは丸々カットした。嘘が嘘を生むとはこのことだが、宇宙人に一番興味津々なのは天川さんだ。少女を守るためだと思えば、多少は罪悪感も和らぐ。

「夜中に山の中に佇《たたず》んでいた……だと？」

天川さんは眉根を寄せ、僕の肩をぽんと叩いた。

「それは相当困っていただろう。星原、お前はいいことをした。人助けだ」

「はあ、どうも、ありがとうございます」

「ところで、彼女はどこの国の人間なんだ」

「それそれ。あたしも気になってるんだけど、ダメなんだよ。いろいろ試したけど、全然言葉が通じないの」

月宮さんが不服そうに言った。「ううむ」と天川さんが唸《うな》る。

僕は不安と共に成り行きを見守っていた。天川さんが今にも「もしかしたら、彼女は宇宙人なんじゃないか」と言い出しそうな、真剣な表情をしていたからだ。

やがて天川さんは「ふむ」と頷いた。

「見たところ、本人に焦った様子はない。おそらく、帰る場所はあるのだろう。しばらく泊めてやるといい。——それはさておき、予定通り午前八時からミーティングを行う。全員、遅れないように居間に集合してくれ」

天川さんはそう告げて、「さて、腹ごしらえだ」と台所に入っていった。

その背中を見送って、月宮さんが「リアクション薄いなあ」と呟いた。

「まったく、どういう神経してるんだろ。こんな可愛い子を目の前にして、平然とスルーできるなんて」

「会長には、異性とどうこうなんて考えはないんですよ。運命の相手ではなく、ただひたすら、本物の宇宙人と出逢《であ》うことを夢見てますから。たとえ美女に誘惑されても、相手が『ただの人間』であれば、一切目もくれないでしょうね」

日野さんは、そこで意味ありげな笑みを浮かべた。

「つきみーも大変ですね。ああいう人が相手だと」

「つきみーって、いつからそんなあだ名ができたの？……っていうか、別にあたしは、天川のことなんて何とも思ってないから！　変なこと言わないでよね！」

「おや、俺はただ『相手』と言っただけですよ。恋愛的なニュアンスを込めたつもりはありませんが……もしかして、片思いでも？」

月宮さんの顔がかーっと赤くなる。分かりやすい人だ。

彼女は日野さんのみぞおちに拳を叩き込むと、「日野のアホ！　カメラの持ちすぎで腱鞘炎《けんしょうえん》になっちゃえ！」と叫んで、おまけに思いっきりあっかんべーをして、ぷりぷりしながら自分の部屋に戻っていった。

「おお、いてて。腰が入ったいいパンチでした。良い映像が撮れたので、さっそく編集しておかねば」

腹部をさすりながら、日野さんも楽しそうに自室に入っていく。

結果的に、僕と少女は、廊下に取り残される格好になった。

「……なんかごめんね。騒がしい先輩ばっかりで」

天井を見上げていた彼女がこちらを向く。顔色はいいし、体もふらついてはいない。体調はずいぶん回復したようだ。

「元気になったみたいだね」

と言っても伝わるはずもないので、僕は右腕で力こぶを作ってみせた。少女が「はい、大丈夫です」というように頷く。ニュアンスは理解してもらえたようだ。

と、そこでふと気づく。いま彼女は手ぶらだが、持っていた杖、もとい「棺」はどこに行ったのだろう。

思い出してみると、昨日の夜、山からここに戻ってきた時点ですでに彼女は何も持っていなかった。二階の部屋にはなかったようだし、山中を走っている間に捨てたのだろうか。

空中で拳を左右に引き伸ばし、「杖、どうしたの」と首をかしげてみせると、彼女は自分の左手の袖をめくった。華奢《きゃしゃ》な白い手首に、真っ黒なブレスレットがはまっていた。表面のつやつやした感じには見覚えがあった。

「まさか、これが、あの杖なの？」

指差しながら尋ねると、彼女は大きく頷くではないか。直方体は薄い板になり、細い棒状になり、リング状にもなる。あの「棺」は、様々な形態を取れるらしい。普通では考えられないテクノロジーだ。

そんなものを平然と使いこなせるなんて……。

僕の心に、疑問がにわかに湧き上がる。やはり、彼女は普通の人間ではないのではないか。

宇宙人——。違和感が、その現実離れした単語を思考の海に浮かび上がらせる。信じられない、信じてはいけない、そう思うものの、信じるに足りる状況証拠は揃っているのではと、僕の中で二つの勢力がせめぎ合う。

一人で悶々《もんもん》としていた僕は、彼女が僕の服を凝視していることに気づいた。

「どうしたの、と声を掛ける間もなく、彼女が僕の胸の辺りにぐっと顔を近づけてくる。十数センチという近さに、僕の緊張が高まる。

高鳴る鼓動を持て余しつつ、僕は自分のTシャツを見下ろした。黒地に、白で周期表が描かれている。デザインが面白かったので、大学の生協で買ったのだが、価格は千五百円で、別にプレミアが付いているわけではない。

周期表は、この世に存在する元素を原子番号順に並べた表で、化学の世界では基礎中の基礎知識とされている。世界中どこの国でも使われているもので、特に珍しくはない。それなりの教育を受けていれば、たぶんどこかで目にする機会があったはずだ。

「これがどうかしたの？」

「fenanse siclkzn bnansmgmnfekcrse……！」

「と言われても、分からないんだけど……って、ちょっと！」

僕は思わずのけぞってしまう。いきなり彼女が、周期表を指先でなぞり始めたからだ。

Tシャツの薄い布越しに感じる彼女の指先がくすぐったい。初めての感覚に、体が途端に熱くなり、背中に汗が滲み出る。

僕は深呼吸をしながら、彼女の様子をうかがった。やや興奮しているようだが、ふざけている様子はなく、真剣な顔つきで周期表を読んでいる。

あ……。

声が漏れた。

凜《りん》とした彼女の表情に、心が震えたのが分かった。

胸の奥から湧き上がってくる、初めての感情。

——この子のことを、もっと知りたい。

「……ね、ねえ。よかったら、君の名前を教えてよ」

僕は自然とそう切り出していた。

彼女がTシャツから視線を上げる。僕は彼女の顔を指差して、「な・ま・え」と区切りながら言った。

彼女は少し考えて、周期表に載っている二つの元素を、順に指差した。

元素記号「U」。原子番号92。元素名はウラン。

元素記号「Na」。原子番号11。元素名はナトリウム。

「ウランとナトリウム……」

ウランが名前で、ナトリウムが苗字……ではないだろう、さすがに。首をかしげつつ、「ゆー」「な」と、見たままを読み上げてみる。きらりと、脳の奥で光るものがあった。

「そっか。君の名前が分かったよ。UとNaで『ゆーな』。ユーナ、っていうんだね」

僕がそう言うと、彼女は難しいクイズを出された時のように眉根を寄せた。

「君の、名前だよ」と言って、僕はもう一度彼女を指差した。

「ユーナ……？」と彼女も自分の顔を指差す。

「そう。……あれ、違ったかな？」

僕が首をかしげると、彼女ははっと何かに気づいたように、大きく目を見開いた。納得したように何度か頷き、彼女は「ユーナ」と笑顔で言った。

「やっぱりそうなんだ。良い名前だね、とても」

お世辞じゃなく、本当にそう思った。

「じゃあ、今度は僕の番かな。俊平。分かる？　しゅ・ん・ぺ・い。それが僕の名前」

僕は自分の顔を指差して、一音一音区切るように言った。

彼女は少し考えて、「シュンペイ」と明瞭な発音で繰り返した。

「そう、シュンペイ。僕の名前」

「シュンペイ、ユーナ」

お互いの顔を交互に指差して、まるで詩を朗読するように、彼女は僕と自分の名前を口にした。味わったことのない幸福感が、心に満ちる。僕は頬が緩むのを抑えきれなかった。意思疎通ができた。シンプルなその事実が、高揚感と喜びを与えてくれる。

確かに、まるで宇宙人であるかのように、ユーナには不思議なところがいくつもある。だが、素性がどうであれ、彼女と親しくなりたいというこの気持ちが揺らぐことはない、という確信があった。次々と空気を送り込まれて膨らむ風船のように、その思いは一秒ごとに高まっていくようだった。

僕は自分の中にある熱情に身を任せ、「あのさ」と切り出した。

「今日、これから調査に出かけるんだ」

伝わってほしい。僕は玄関の方を指差し、腕を振って歩くポーズを取った。

「もしよかったら……僕たちと一緒に行動する？」

僕をじっと見つめていたユーナが、わずかに首をかしげ、それから大きく頷いた。その表情は、「行きたい」と強く主張しているように、僕には見えた。

## 2

午前八時、ちょうど。三人の先輩たちが揃って茶の間に姿を見せた。

僕がユーナと一緒にいるのを見て、月宮さんが「あっ！」と声を上げた。

「ちょっと星原くん！　どうしてその子がここにいるの」

「観光したがっているようだったので、調査に同行してもらったらどうかと思いまして。構いませんか？」

「あたしは賛成！　天川と日野くんは？」

「俺も異論はないですよ。会長はどうです？」

「別に構わんが、調査の邪魔にならないようにするのだぞ。しかし、言葉が通じないのだろう。それで案内ができるのか」

「なんとかなると思います。少しずつですが、コミュニケーションが取れるようになっていますので」

「そうなの？　星原くん、その子と仲良くなったんだ」

「多少は」と僕は控えめに頷いた。「ユーナ、という名前だそうです」

「へえ、ユーナ。良い名前」月宮さんはユーナの正面に立ち、にっこり笑った。「私の名前は月宮秋乃《あきの》です。秋乃と呼んでね」

ユーナは僕と月宮さんを見比べて、「アキノ」と呟いた。

「そう！　秋乃。よろしくね、ユーナちゃん」

後ろでビデオカメラを構えていた日野さんが、「では俺も」と前に出る。

「どうも。日野劉生と言います。気軽に『ヒノッチ』と呼んでやってください」

日野さんは自己紹介のついでに、キラン、と音がしそうな、爽やかな笑顔を浮かべた。

「何その名前」と月宮さんが眉根を寄せる。「初めて聞いた」

「いま考えました。ニックネームの方が親しみが湧くかと思いまして。月宮さんも、名前ではなく、愛称の『つきみー』で呼んでもらった方がいいんじゃないですか」

「だから、そんなあだ名を認めるつもりはないから。『つきみー』禁止！」

「おや、ご不満で。では、『ツッキー』ではいかがです」

「いかがじゃないよ！　むしろ悪化してるし！」

月宮さんはユーナに向き直り、「あたしは『アキノ』だからね。変な名前で呼ばないように」と念を押した。

「なにをごちゃごちゃ言っている」

天川さんは居住まいを正し、ユーナに向かって右手を差し出した。

「私は天川創一朗《そういちろう》だ。天川と呼んでくれたまえ」

ユーナは、天川さんの手を凝視したまま固まっている。少し、気まずい空気が僕たちの間に流れる。天川さんは為政者の彫像のように手を出しっぱなしにしたまま、「うむ。私は歓迎されていないようだ」と冷静に呟いた。

「やーい、嫌われた」と月宮さんが嬉しそうに囃《はや》し立てる。

「妙ですね。星原くんと握手をしたと聞いたんですが。俺たちの知らない間に、二人は特別なカンケイになっていたのでしょうか」

「ち、違います」と僕は慌てて手を振った。「やり方が分からなかっただけですよ。いいかな。ユーナ、握手はこうやるんだよ」

僕はユーナの手を取り、軽く上下に振ってみせた。ユーナはこくりと頷き、すっと天川さんの手を握った。

「テンカワ」

「おお、星原くんの言うことはよく聞くんですね。これは、ユーナさんの相手は彼に任せるのが得策みたいですね」

「そうだね。天川に頼んだら、どんなセクハラするか分からないし」

「うむ？　セク・ハラとは、ロシアのＵＦＯ研究家の、モモノセク・ハラーショのことだな。なぜゆえ、彼の名前がここで出てくる？」

「とぼけないでよ！　ユーナちゃんの手を握り続けてるでしょ！　そういうのをセクハラって言うの！」

「ああ、失念していた」

そう言って手を離した天川さんには悪びれた様子はない。冗談などではなく、本当にセクシャル・ハラスメントという言葉を知らないのだ。

天川さんは「では、これからミーティングを始める」と宣言し、床に腰を下ろした。茶の間は八畳の広さで、中央にこたつテーブルが置いてある。自然と僕たちは、テーブルの周りに輪を描いて座るような形になった。

僕のすぐ隣に、ユーナがいる。胸が高鳴って仕方がなかった。昨夜からずっとこうだ。どうも体調がおかしい。とはいえ、「不整脈っぽいので、病院に行きたいです」と主張するほど辛《つら》いわけではない。黙ってミーティングの進行を見守ることにした。

「あのさ」と切り出したのは月宮さんだった。「あたしたち、まだテーマを聞いてないよね。そろそろ話してくれてもいいんじゃない」

そうなのである。実は今回の調査旅行のテーマを把握しているのは、発案者の天川さんだけなのだ。

といっても、彼が頑固に秘密を守ろうとしているわけではない。調査の取り決めとして、現地に着くまで詳細を伏せておく、という方針があるからだ。

その理由は、調査に対して先入観を抱かせないため――だそうだ。全員がテーマについて予習すると、どうしても勝手な思い込みを持ってしまう。そうなると、現地で集めた情報を色眼鏡で見ることに繋がり、結果、調査前に考えた結論を導くために必要な情報ばかりを――意識的にせよ無意識的にせよ――取捨選択することになりかねない。それを避けるために、発案者以外は何も知らない状態で現地までやってくるのだという。

「よかろう。では、今回のテーマを発表する。我々が調査する現象、それは……」

もったいぶるように大きく息を吸い込み、天川さんは言った。

「キャトルミューティレーションであるっ！」

数秒、茶の間に静寂が訪れる。

「……それって、牧場とかで、骨だけになった動物が発見される……みたいなアレ？」

「いかにも。キャトルは家畜。ミューティレーションは切断・切除。日本語に直訳すると、『肉体を切り取られた家畜』となる」

「俺、昔テレビで見たことがありますよ。オカルト特番でキャトルミューティレーションが特集されたんです。確か、事件の内容はこんな感じでした」

日野さんが普段よりも声を低くして語り出す。

「──場所はアメリカ、オレゴン州。広大な牧草地が広がるのどかな村で、ジョーンズは酪農を営んでいた。ある日の夕方。放牧した乳牛をいつものように牛舎に戻したところ、なぜか一頭足りない。ジョーンズは妻のメアリーと共に消えた牛を探すが、敷地のどこにも見当たらない。ジョーンズは地元警察に相談し、手分けして村中を探したが、関係者の懸命の捜索にもかかわらず、乳牛の行方は杳《よう》として知れなかった。それから数日後、買い物に出かけていたジョーンズは、行方不明になっていた乳牛が牧場のすぐそばで倒れているのを発見する。車を飛び出し、慌てて駆け寄ったが、乳牛はすでに死んでいた。奇妙なのはここからだ。その乳牛は、全身の血液を抜き取られた上に、背中の一部が切り取られていたのである。しかも、その切断面は、人間業とはとても思えないほど滑らかであった――そんなストーリーでした」

黙って聞いていようと思っていたが、僕は「あの」と口を挟んだ。

「いま日野さんが言ったようなことが、この村で起きているんですか？」

「そうだ」と天川さんは即座に肯定した。

「先日、私はインターネットである書き込みを見かけた。この村で発見された、牛の死骸についてのものだ。その牛は、血液を抜かれ、体の一部を切り取られていたらしい。状況は、世間で語られるキャトルミューティレーションと酷似している」

「確かに似てるけど」月宮さんがお団子にまとめた髪を撫でながら言う。「でも、それはあくまでネットの書き込みでしょ。噂《うわさ》が本当だって確証はあるの？」

「真偽について、議論は必要だろう。まずは、実際にその書き込みを見てもらう」

天川さんはリュックサックから愛用のノートパソコンを取り出した。液晶画面には、オカルト関連の掲示板が映っている。タイトルは、「自分が体験した不思議な現象について語るスレ」。ちなみに「スレ」はスレッドの略で、日本語にすると、糸とか繊維とかいう意味になる。ネット界隈《かいわい》では、特定のテーマに関するひと繋がりの投稿を、そう呼ぶ習わしになっている。

匿名で書き込めるサイトなので、「自分が体験した」という条件が付いているにもかかわらず、掲示板の投稿はどれも突拍子もないものばかりだった。

「霊が出るトンネルで肝試しをした結果、女子の幽霊と付き合うことになった」とか、「海で遊んでいたら、巨大なイカと格闘している人魚を目撃した」とか、「母親が木星人と浮気をしている」とか、どう見ても嘘としか思えないエピソードがまことしやかに書き綴《つづ》られている。文字を打ち込む時、絶対みんなニヤニヤしていたに違いない。

「このスレッドに、くだんの投稿が載っている」

天川さんが画面をスクロールさせていく。何度も読んでいるからだろう、すぐに目的の書き込みにたどり着いた。投稿されたのは、今からおよそ二週間前。投稿者の名前は〈新時代の神候補〉となっている。

〈私はX県の冥加村に住んでいる。加護市《かごし》の北にある村だ。近所で、つい最近キャトルミューティレーションが発生した。牧場から姿を消した肉牛が、血を抜かれ、背中の肉を切り取られた状態で発見されたのだ〉

「確かに、この村の名前が出てますね」と僕はコメントした。ちなみに加護市は、村に隣接する、比較的大きな市だ。

この手のスレッドで、具体的な地名が登場するのは珍しい。個人の特定に繋がるような情報はなるべく書かないのが普通だ。万が一身元がバレると、いろいろ厄介なことになりかねないからだ。もちろん、適当な場所を挙げたという可能性はある。

「非常に興味を惹《ひ》かれたので、私もコメントを寄せた。これがそうだ」

天川さんは特定のハンドルネームを持たない〈名無し〉として、〈興味深い話である。ぜひとも詳しい情報をいただきたい〉と書き込んでいた。

それに対する〈新時代の神候補〉氏の返答は〈牛の死体は見ていない。あくまで話を聞いただけだ。ただし、近所では猫や犬の不審死の噂もある〉というものだった。それ以降、〈新時代の神候補〉氏の書き込みはない。

「以上のやり取りをもって、私はこの情報は信用に足るものだと判断した」

「ふむ。経緯はよく分かりました。ただ、書き込みを見て、思ったんですが……」日野さんが、ビデオカメラを持っていない方の手で画面を指差す。「内容がテンプレートすぎやしませんか。どうにも出来すぎてる気がするんです」

「つまり、この人はただ、聞きかじったキャトルミューティレーションの話を書き込んだだけ。……そういうこと？」

月宮さんの言葉に、日野さんが頷く。

「仮に真相がそうであっても、俺は驚きませんよ」

「それにしては、いささか中途半端ではないか。このスレッドでは、聞いたこともないような、派手な体験ばかりが書き込まれている。一方、キャトルミューティレーションは相応の知名度があるが、それゆえ、目新しさはない。見るがいい。書き込みに反応したのは私だけだ。他の連中は華麗にスルーしているではないか」

「確かにそうですね」

おっと、思わず同意してしまった。いかんいかん。オカルトに興味を持ち始めたと勘違いされてしまう。「あ、いえ、なんでもないです」とごまかしたが、誰も僕に注意を払っていなかった。自意識過剰というやつである。

ちらりとユーナの様子をうかがうと、彼女はさして苦でもない……というか、楽しそうに先輩たちを眺めていた。言葉が分からないことがプラスに働いているようだ。

先輩たちの議論はまだ続いている。

「実は、もう一つ気になっていることがありまして。キャトルミューティレーションについて、科学的に考察した学者がいるんです。アメリカの大学教授なんですが、その人物によると――」

「あれは虫の仕業だというんだろう」天川さんは先回りして言った。「ハエが植えつけた卵が孵化《ふか》し、栄養を求めて幼虫が動物の肉を食べる。その痕が偶然、きれいな切り口になっていただけである――そうだな」

「ええ、その通りです。血液が抜き取られていた点についても、その教授は説明を加えています。アメリカなんかは、地面がひどく乾燥していて、動物の体から流れ出した血は、どんどん地面に染み込むらしいんです。結果として、血液を抜き取られたみたいにしなびてしまうんだそうですよ」

「ここは鳥取砂丘ではない」

「ですが、今は夏です。雨が降らなければ、ひどく地面が乾くこともあるでしょう」

「可能性の議論はもういい。我々は今、冥加村にいるのだ。実地に調べれば、宇宙人が関与しているかどうか明らかになる」

「その言葉が聞ければ充分です」日野さんがにやりと笑う。「俺がいま言ったような理屈をちゃんと心得ていて、その上で調査に来たのであれば、何の問題もありません」

「愚弄に等しいな、今のお前の行為は。私はある種の確信を持って、今回の調査旅行を計画した。何があっても決意が揺らぐことはない」

「一応、儀式的に確認しておきませんと。お約束というやつです」

「無駄な時間を取らせるな。では、今後の計画の議論に移る。今回の調査で最初に向かうべきは、書き込みにある『牧場』だと思われる。星原は知っているか」

「はい。村の西の方にありますね。ここからそれほど遠くないですよ」

ちなみに、僕の実家は冥加村のほぼ中心に位置している。といっても、村の北部は冥加山と池と森で占められているので、居住区という観点からすれば北の端ということになる。

「牧場は実際に存在している。第一関門はクリアだ。予定通り、そこで話を聞くことにする。得られた情報に応じて、その後の方針は柔軟に変えて……」

天川さんがふいに口を閉ざす。その視線は、向かいに座る月宮さんに注がれていた。

どうしたのだろう。月宮さんの方に目を向けると、彼女はまぶたを閉じて、ゆらゆらと頭を左右に揺らしていた。完全に寝ている。

「起こしましょうか」

伸ばしかけた僕の手を、「止めろ」と天川さんが押し留めた。

「このままにしておけ。これは、ただの居眠りではない」

「……それって、まさか」

「話はしましたが、星原くんは現場に居合わせるのは初めてでしたね」

日野さんがいつになく真剣な様子で月宮さんの横顔を撮影している。

月宮さんは、超能力——特に予知能力に強い興味を持っている。その理由は至極単純だ。彼女自身が、予知夢を見ることがあるからだ。

発生するタイミングは完全にランダムらしいが、平均すると、年に三、四回は特別な夢を見ると言っていた。それは、夜ではなく、昼間に突然起こるのだという。

予知夢の内容はまちまちらしい。「次の日に大学の食堂で誰かと会っているシーン」のような、些細《ささい》であまり重要ではないものから、「首相が突然退陣を発表したことを報じるテレビニュースを見ているシーン」のように、社会的なインパクトの強いものもある。夢はいつも短く、特定の場面だけで終わってしまうそうだ。

ただ言えるのは、月宮さんが予知夢だと思った時は、確実にその内容が現実のものになる、ということだけだ。的中率は百パーセント。月宮さんが能力に気づいたのが十年前で、覚えている限りでは、今まで一度も外したことがないという。

黙って見つめていると、一分ほどで月宮さんは目を開いた。宙に視線を据えたまま、ゆっくりとまばたきを繰り返している。

「見たのか」

天川さんが尋ねると、月宮さんはこくりと頷いた。

「……見ちゃった」

「どういう内容だ」

「……あたしは変なオブジェの前にいるの。雨が降ってたけど、傘は持ってなかった。それであたしは、『急いで！』って振り返るの。天川と日野くんがこっちに走ってきて……」彼女がちらりと僕を見た。「星原くんは……いなかった」

「それで？」

「……夢はそこで終わり。あと、天川たちは半袖だったから、季節はたぶん、夏」

「この村で起きることなのでしょうか」日野さんが神妙に呟いた。「ちなみに、変なオブジェというのは、どんな形をしているんですか」

「銅像で、裸の女の人が、バランスボールみたいな大きな玉を頭の上に掲げてるの。星原くんは、そのオブジェに見覚えはある？」

「……いや、記憶にないですね。村には、そういう像はなかったと思います」

「そっか。じゃあ、近い未来のことじゃないのかな」

「いずれにせよ、今日ではないようだ。よく晴れている」窓の外を見ながら、天川さんが言う。「予知夢のことは気にせずにいた方がいい。予断を持って行動しようがしまいが、最終的に予知は実現する。雨が降るのを待つだけだ」

二人の先輩は納得したようだったが、僕の中には漠然とした不安が芽生えていた。三人が一緒にいるのに、どうして僕の姿だけが欠けているのか。たまたま、不在にしていたのか。実は今年ではなく、来年以降に起きることなのか。それとも――。

と、その時、とりとめのない僕の思考を断ち切るように、玄関からチャイムの音が聞こえてきた。来客だ。

「ちょっと見てきます」と言って僕は茶の間を出た。

玄関のガラス戸を開けると、そこには、糸のように細い目をした、制服姿の警官が立っていた。

「よう、久しぶり」

「あ、浩次《こうじ》さん。どうしたの、こんな朝っぱらから」

彼の名前は大田原《おおたわら》浩次という。僕の幼馴染《おさななじ》みで、年齢は僕の五つ上。警察学校を卒業し、今は彼の実家があるこの村の交番に勤務している。

「いや、駐車場に車が停まってたからさ。俊ちゃんたちが帰って来てるんだと思って、チャイムを鳴らしたんだけど」

「いえ、違うんです。サークルの旅行で村に来てるんですよ、今」

「へえ。そういや俊ちゃん、東王大に入ったんだよな。で、何のサークル？」

「ええっと……ざっくり言うと、社会現象を実地に検証し、その内容について議論するサークル……ですかね」

「何だそりゃ。ずいぶん硬派だなあ」

ええまあ、と僕は目を伏せた。自分の意志ではないとはいえ、オカルトサークルに所属していることを明かすのには抵抗があった。

「しばらく村に滞在するつもりかい」

「そうですね。夏休みですし」

「そんなら、一応忠告しておいた方がいいかな」浩次さんは急に真剣な顔つきになった。

「実は、村で物騒な事件が起きてるんだ。かなりヤバそうな感じだから、戸締まりをきちんとしておけ、って村の人に言って回ってるんだけど」

「事件だと？」

いきなり真後ろから聞こえた声に振り返ると、間近に天川さんが立っていた。その後ろには、月宮さんと日野さんの姿もある。

「この人たちが、サークルのメンバー？」

「あ、ええ、そうなんです」

僕は先輩たちの姿を隠すように、微妙に体の位置をずらした。浩次さんと三人が会話をしたら、僕がどんなサークルに所属しているかバレてしまう。さっさと本題に入ってもらおう。

「浩次さん。いったい何があったんですか」

「それがねえ」浩次さんが表情を曇らせた。「今朝早くに、とんでもないものが見つかっちゃったんだよ」

「とんでもない、と言うと……」

「人間の手首なんだよね」

「手首って、これのことですか」

日野さんがずいっと前に出て、自分の手首を掴んでみせる。

「そうなんだよ」と浩次さんが神妙に頷く。月宮さんは「うわあ……」と声を漏らした。

現場の状況を想像してしまったのだろう。

「巡査殿。それは、どういう状態で発見されたのだ」と質問を挟み込んだのは天川さんだった。

「巡査殿？」

浩次さんが僕を見る。天川さんの口調に違和感を覚えているらしい。「気にしないでください。敬語が苦手なんです」とフォローしておく。

「へえ、そうなんだ」と浩次さんはあっさり受け入れた。「あ、そうそう。手首のことね。見つかったのは左手首で、地面にぽつんと放置されてたんだ」

「現場は村のどの辺りだったのだ」

「えっとね、北に見えてる山があるでしょ。冥加山って言うんだけど、山にはかなりの高さの崖があって、その下で見つかったんだよ。俊ちゃんなら分かるよね」

「え、ええ……」

浩次さんの説明に、僕は気味の悪さを覚えていた。崖の下——そこは、昨夜僕がユーナと出会った場所に他ならない。

「捜査、するんですよね」と僕は尋ねた。

「そりゃもちろん。加護市の方から応援の刑事さんが来てるよ。聞き込みやなんやらで少し騒がしくなるけど、協力お願いしますよ。んじゃ、くれぐれも戸締まりには気をつけてください」

浩次さんは事件の重大さを感じさせない笑顔を残して、玄関から出て行った。

「……どうなってるんだろう」

月宮さんが怯《おび》えを滲ませた声で呟いた。

変事が起きていることを悟ったらしく、ユーナは怪訝《けげん》そうに僕たちを見回していた。僕は表情を変えないように努めながら、「大丈夫だよ」と彼女に言った。事件を隠すというより、ただ純粋に、ユーナに不安を与えたくなかった。

「偶然なのか、それとも、キャトルミューティレーションと関連があるのか。会長はどう思いますか」

日野さんがビデオカメラのレンズを天川さんに向ける。

天川さんは待ってましたというように、不敵な笑いを浮かべた。

「——非常に興味深い」

## 3

事件の一報を受けて、朝のミーティングは一時中断となった。「発見された手首と宇宙人との関連性を確認すべきだ！」と天川さんが主張し、他のメンバーもそれに同意したからだ。

大人数で動くと目立つので、まずは僕と天川さんの二人で、現場を見に行くことになった。レンタカーを運転するのは天川さん。僕の担当は道案内だ。

手首が見つかったのは、僕とユーナが出会った場所だ。だからといって、ユーナが犯人だと主張するつもりはない。いやむしろ、彼女が潔白であることを信じている。根拠があるわけではない。直感的に無関係だと感じているだけだ。

勘に頼っている自分を不思議に思う気持ちはあったが、気分は悪くない。まるで英雄にでもなったような高揚感があった。ユーナを信じることで、いつもの自分よりもずっと強くなれる気さえしていた。

そんなことを考えている間にも、車は山道をぐんぐんと登っていく。前後に車の姿はなく、対向車が現れる気配もなかった。事件を聞きつけて現場に向かう野次馬は僕たちだけのようだった。

天川さんは無言でハンドルを握り締めている。免許を取ってまだ日が浅いと聞いているが、運転技術はなかなかのものだった。

道なりに進んでいくと、やがて、崖の裏側を抜けるトンネルの入口が見えてきた。トンネルの手前には、ガードレールに沿うような形でパトカーや乗用車が並んでいる。

天川さんは何食わぬ顔でパトカーの後ろに車を停めると、運転席からさっと降りて辺りを見回した。

「すでに捜査が始まっているようだ。この辺りから崖下に降りられるのか」

「はい。そこから行けますよ」

僕はガードレールの向こうの急な階段を指差した。

「うむ、確かに。私が先行する。付いてきてくれ」

階段は、斜面を覆う木々の中へと続いている。辺りは薄暗く、緑の匂いが濃く立ち込めていた。前を行く天川さんから少し距離を置いて、僕も階段を降りていく。

崖の下へと向かいながら、僕は昨夜のことを思い出そうとしていた。

あの時、果たして崖の下に、手首は落ちていただろうか？

もちろん、そんな物騒なものを見た記憶はない。それは確かだ。ただ、森の木々の枝葉がせり出しているせいで、崖下は星明かりがほとんど届かない。あれだけ暗ければ、落ちていることに気づかなかった、ということも充分に考えられる。昨夜の時点ですでに手首が転がっていた可能性を否定することは難しい。

たぶん、状況はユーナも同じだろう。今朝は元気になっていたが、昨夜の彼女は体調が悪そうだった。周りを綿密に見て回る余裕はなかったはずだ。

考え事をしながら歩を進めるうちに、階段の終わりが見えてきた。

と、ふいに天川さんが足を止め、コアラのように近くの木の幹にしがみついた。

「あの、何をしてるんですか」

「現場の状況確認だ。……うむ。警官の姿はあるが、人数はそれほどでもない。これなら行けるな」

天川さんは髪に付いた枯葉を払うと、リュックサックから小型のＩＣレコーダーを取り出した。スイッチを入れ、それをチノパンのポケットにしまう。警官との会話を録音して、他のメンバーにも聞かせるつもりなのだろう。

「準備完了。行くぞ、星原っ！」

「行くって、ちょっと」

制止する間もなく、天川さんがいきなり飛び出していく。こうなったら仕方ない。しぶしぶ僕もあとを追う。

崖の下の様子は、昨夜とは一変していた。森と崖の岩肌に挟まれた細長い空間のあちこちに、制服警官や作業着姿の人がいる。まさに現場検証の真っ最中のようだ。この場所がこれほど賑《にぎ》わうのは、三十年前の化石発掘以来だろう。

天川さんは警察関係者に臆することなく、ずんずんと人だかりに近づいていく。

「ちょっとちょっと」

髪の薄い男性が、驚いた様子で天川さんを呼び止めた。四十代後半くらいだろうか。

スーツを着ているところを見ると、どうやら刑事らしい。かなりの肥満体型で、お腹がぽっこりと膨れている。タヌキの置物によく似ているな、と僕は思った。

「あんたたち、地元の人？　悪いけど、ここは立ち入り禁止だよ」

注意されたことなど意にも介さぬ様子で、天川さんは平然と辺りを見回した。

「手首はどこで発見されたんだ。状況を知りたい」

いわゆるバーコードヘアをした男性刑事が、怪訝な表情を浮かべた。

「……どこでその話を？　あんた、怪しいな」

これはまずい。このままでは天川さんが警察署に連行される。僕は二人に慌てて駆け寄った。

「刑事さんですか。僕たち、怪しいものではありません」

「ん、君も仲間か」

「はい。東王大学の学生です。今、この村に旅行に来ているんですが、さっき、お巡りさんから事件の一報を聞きました。それで、様子を見に来たんです」

「なんだ、興味本位の気楽な学生か」と髪の薄い刑事は嘲るように言った。「ここは、お前らみたいなのがうろついていい場所じゃない。さっさと帰りなさい」

「我々は遊山気分でやってきたわけではない！」天川さんの目には怒りの色が浮かんでいた。嫌な予感がする。「手首が発見された状況を教えろと言っている！」

「ああ？　言葉遣いってものを知らんのか、おい」

薄毛刑事の顔が赤くなり始めた。こちらもかなりヒートアップしているようだ。

「言葉など些末なことだ。私は手首の切断面に関心を持っている。人間業とは思えないほどに滑らかだった——そうではないのか！」

天川さんの言葉に、ゆで蛸《だこ》に似てきた刑事は目を瞠《みは》った。

「……どうして、そのことを」

「偶然を必然にするための直観——平たく言えば、当てずっぽうだ。だが、どうやら私の見込みは正しかったようだな！」

「わけのわからんことを言うんじゃない！　あんた、何か知ってるんだろう。ちょっと、署まで来てもらおうか」

「任意同行か。断固拒否する！」

「さっきからなんだ、お前は！　態度がデカすぎるんだ！　警察をなめてるのか！」

「自分の愚昧さを棚に上げてよく言う。そういう態度が相手に反感を抱かせるとなぜ気づかないのだ！」

「なんだと……」

頭から湯気が出そうな勢いで、タコ刑事が天川さんに詰め寄る。

「どうしたんですか、安西《あんざい》さん」

背後から聞こえた女性の声に、僕は振り返った。

引き締まった体軀《たいく》に、艶のある黒髪のショートカット、細い眉と、切れ長の目。グレイのパンツスーツが良く似合っているその女性を、僕は知っていた。

「――真尋《まひろ》さん」

「あれ」真尋さんが目を丸くした。「俊平くんじゃない」

「どうも、ご無沙汰しています」

僕の眼前に立つ女性――長塚《ながつか》真尋さんは冥加村の出身で、幼い頃からの顔見知りだ。僕より十歳上なので、今年で二十九になるはずだ。今は加護市にある警察署に勤務していると聞いていたが、刑事になっていたとは思わなかった。

「どうしたの、こんなところで。そっちにいる眼鏡の人は……」

真尋さんが天川さんに目を向ける。

「私は天川創一朗。ここで手首が発見されたと聞いてやってきた」

「長塚くん。油断するなよ」安西と呼ばれた刑事が顔をしかめて言う。「この男は、敬語も使えない不届き者だ。こいつがやったのかもしれん」

「そんなことはないです。大学の先輩なので、僕は以前からよく知ってます。多少変わったところはありますが、悪い人じゃないんです」

僕の弁護に、「よく言った」と天川さんが頷く。よかった。「変わったところがある」

という失言は見逃してもらえたようだ。

「大学の、ね」真尋さんは腰に手を当てて、射るような視線で僕たちを見回した。「俊平くんは確か、東王大学に入ったんだよね。東京からわざわざ、こんな辺鄙な村に遊びに来たの？」

「遊びではない！」と天川さんは堂々と言い放った。「我々は、キャトルミューティレーションの調査のために、この村に来たのだ！」

「キャトル……？」真尋さんの隣で、安西さんが首をかしげた。「なんじゃそりゃ」

「家畜などが、肉体の一部を切り取られた状態で見つかる現象のことですよ」

解説をしてくれたのは真尋さんだった。

「ほう」と天川さんが眼鏡の下の目をきらめかせる。「ご存じか」

「オカルト的な話題は、嫌いじゃないの」

ほんの一瞬笑顔を浮かべたが、真尋さんはすぐに厳しい表情に戻った。

「つまり、この事件は宇宙人の仕業だと言いたいわけね」

「見くびらないでもらおう。その結論が魅力的であることは認めるが、今の時点でそうだと断言するつもりは毛頭ない。我々は真実を求めている」

「それは私たちも同じ。これが事故ではなく、事件なら、真実を――犯人を突き止めなければならない。そのために、こうして現場に駆け付けたんだから」

「そのようだな」天川さんが周囲で働いている作業服姿の人たちに目を向けた。「手首が発見された経緯を伺いたい」

「あのなあ」と安西さんが小馬鹿にするような顔で言う。「そういう捜査上の情報を、簡単に口にするわけないだろうが」

「別に教えても構わないんじゃないですか、安西さん」

真尋さんの一言に、安西さんは眉根を寄せた。

「おいおい、君まで何を言い出すんだ」

「どうせ、聞き込みのために村を回るんです。その時に、村民には手首の発見状況を明かすことになるでしょう。狭い村ですから、あっという間に噂になるのは目に見えています。今ここで話したとしても、支障はありません」

「そりゃそうかもしれんが……」

「意外と、耳寄りな情報が飛び出すかもしれませんよ」

僕に向かって微笑《ほほえ》んで、真尋さんは手首が発見された時の話をしてくれた。

見つかったのは今朝の五時過ぎのことで、発見者は、農作業のために軽トラックで冥加山に来ていた、地元の住人だったという。七十代の老婆だそうだ。

崖のそばを通り掛かった際に、道端に車が停まっているのを見かけたことが、発見の端緒となった。誰かが山菜でも取りに来ているのだろうか――そう思って、崖に近づいてみると、縁のすぐ手前にスニーカーが置いてあった。これはまさか自殺では。最悪の事態を考えつつ、恐る恐る崖下を覗き込んだ老婆は、カラスが「何か」に群がっているのを見てしまった。老婆は慌てて車に戻り、携帯電話で警察に通報したのだという。その「何か」が切断された手首であることを確認したのは、通報を受けて駆けつけた浩次さんだった。

発見までの経緯を聞いて、天川さんは「ふむ」と唸った。

「第一発見者は、誰かが手首を捨てるのを見たわけではない。つまり、昨日以前からここに落ちていた可能性もある」

「そうね」真尋さんが頷く。「でも、手首の腐敗は進んでいなかったの。詳しいことはこれから調べるけど、今は真夏だからね。何日間も放置されてた、っていうのは考えにくいと思う。それと、靴を発見したお婆さんは、昨日も畑に行ってたそうよ。午後四時過ぎに現場付近を通り掛かった時は、車はなかったと証言している」

状況から考えて、事件が起きたのはおそらく昨夜だ。鼓動が早くなる。ユーナに会ったのは夜中だ。嫌な符合だった。

「被害者の情報はどの程度判明している？」

「名前はまだ」真尋さんが首を振る。「現場にあった車については、現在持ち主を確認中。手首の周囲からは、特に遺留品は見つかっていない。ただ、指の太さからすると、男性で間違いないと思う。崖の上の靴も男性のものだったし」

「ほう。それならば、早々に身元が明らかになりそうだな」

「これで満足した？　じゃ、今度はこっちから訊くよ。そもそも、君たちはどうしてこの村を調査対象に選んだの？」

「いい質問だ。それは――」

天川さんは朝のミーティングでしたのと同じ説明を、二人に披露した。

「……そんなあやふやな書き込みを信じたの」呆れ顔で真尋さんがため息をつく。「無鉄砲だけど、それはそれで大学生らしくていいね」

「はん。こっちはいい迷惑だ。捜査の邪魔だけはしてくれるなよ」

安西さんの忠告に対し、天川さんは無言をもって答えとした。安西さんはむっとした顔で舌打ちをする。この二人、とことん相性が悪いようだ。

悪化しかけた場の空気を変えるように、真尋さんがぱんと手を鳴らした。

「動物の不審死の話は、少し気になるね。調査が進んだら連絡してくれないかな。警察の人員にも限りはあるし、そこまで手は回らないと思うから」

「よかろう。互いに情報交換しながらやっていこうではないか」

「交渉成立ね。じゃあ、はいこれ。私の名刺」

真尋さんは天川さんに名刺を手渡した。天川さんもポケットから出した名刺を渡している。自分の身元を相手に伝えるためとはいえ、〈超常現象研究会　会長〉なんて肩書をよく堂々と載せられるものだと感心する。

「あなたたち、まだしばらくこっちにいるんでしょう」

「無論だ。真実をこの手に掴むまで、この地を離れる気はない」

「勇ましくて結構ですこと。どこに泊まってるの？」

「あ、僕の実家です」

「なるほどね」真尋さんがちらりと僕の方を見た。「直接そっちにお邪魔するかもしれないけど、その時はよろしくね」

「昼間は調査のために外出している。夜に来るといい」

「分かった。お互い、順調に行くことを祈りましょう」

にこやかに言って、真尋さんは崖の白い岩肌に目を向けた。

「……とはいえ、ややこしい事件だと時間が掛かっちゃうだろうな、きっと」

## 4

午前十時半。冥加山から僕の実家に戻ってみると、茶の間から楽しげな声が聞こえてきた。覗いてみると、ユーナと日野さんと月宮さんがテーブルを囲んでいる。

「あ、お帰り。今、ユーナちゃんに日本語を教えてたんだ」そう言って、月宮さんは手元のグラスを指差す。「これはなんですか」

「ミズ」とユーナは即座に答える。

「非常に原始的ですが、実物を持ってきて、その名前を教える、というやり方で学習を進めました。彼女はかなり物覚えがいいですよ」

日野さんが真っ赤なトマトを指差す。ユーナは笑顔で「トマト」と答えた。見ると、テーブルには様々な品物が並んでいる。鉛筆、消しゴム、電池、靴下、フォークにスプーン、それと、数冊の絵本と、国語の教科書。昔、僕が使っていたものだ。

「どうしたんですか、この本」

「あ、ごめん。庭に物置があるでしょ。そこでたまたま見つけたの」

「ああ、引越しの時に置いて行ったやつですね。僕も忘れてました」

「せっかくだから、絵本を使って、挨拶も教えてみたよ。こんにちは、ユーナ!」

「ハイ、コンニチハ」

ユーナが月宮さんに向かってぺこりと頭を下げる。

「——とまあ、こんな具合です。学習に役立ちそうなので、これらの本は彼女に渡そうと思うのですが、構いませんか？　すでに五十音の読みと発音はマスターしているので、ひらがなは読めるはずです」

「あ、はい。自由に使ってもらっていいです」

日野さんがキメ顔で「どうぞ」と本を差し出すと、ユーナは「アリガト」と笑ってそれを受け取った。そのまま二人は数秒見つめ合い、「いや、すごい目力だ」と日野さんの方から視線を外した。

その様子に、僕は得体の知れない焦燥感を覚えた。また動悸《どうき》が激しくなっているし、胃もきりきり痛む。

「外国人との交流も結構だが、我々の本分を忘れるな」

天川さんがリュックからICレコーダーを取り出した。

「現場で刑事と交わした会話を録音しておいた。内容はあとで確認するが、手首が発見されたのは事実だ」

「……やっぱり、本当だったんだ」月宮さんが表情を曇らせた。「こんな話、ユーナちゃんの前でするのは気が引けるね」

月宮さんがちらりとユーナに目を向ける。ユーナは真剣な様子で、絵本の中のキリンを見つめている。事件の話には興味がないようだ。

天川さんは腕時計で時間を確認した。

「予定より遅くなったが、調査を開始する。各自、準備が済んだら玄関に集合せよ」

言うが早いか、天川さんは立ち上がり、せかせかと茶の間を出て行った。

ふう、と僕はため息をついた。どうも体調がよくない。こんな調子で、外を歩き回って大丈夫なのだろうか。

不安と共に立ち上がろうとしたところで、月宮さんに腕を掴まれた。

「ねえ、ちょっといいかな」

返事をする間もなく、僕は廊下に連れ出される。

「あの、どうかしましたか」

月宮さんは辺りをうかがうようにして、「あのさ」と声を潜めた。「さっきからずっと不機嫌そうにしてるけど、大丈夫？」

「え、そんな顔してました？」と僕は自分の顔を撫でた。

「してたしてた。眉間にしわが寄りっぱなしだったよ」

「……別に怒っているわけじゃないんです。ただ、ちょっと、体の調子が悪くて」

僕は首をかしげながら、昨夜から感じていた動悸や胃痛について説明した。

「ユーナちゃんのそばにいると、その症状が出るの？」

「そうなんです」

「日野くんとユーナちゃんが見つめ合ってる時に、胃の痛みを覚えたんだよね」

「そうですね。自分でも不思議なんですが……」

「不思議なんてなんにもないよ！」と月宮さんは目を丸くした。「というか、不思議だって感じてる星原くんの存在そのものが不思議なんだけど」

「どういう意味ですか？　謎かけでしょうか」

「違うよ。その様子じゃ、全然自覚はないんだね」

「自覚というと……もしかして、僕って病気なんでしょうか」

「ある意味では」と月宮さんが微笑んだ。「恋の病だね」

「……恋の？」

月宮さんは大きく頷いて、人差し指を僕の胸元に突きつけた。

「ズバリ、星原くんはユーナちゃんに恋をしている！」

「ええっ」と僕は思わず声を上げていた。「そ、そうなんですか」

「なに、その変なリアクション。まさか、これが初恋ってわけじゃないでしょ？」

「いやあ……」僕は頭を掻《か》いた。「そのまさかで」

「嘘だあ！　大学一年まで恋愛感情を持たずに生きるなんて無理でしょ！」

「いや……この村の小学校は一学年に一クラスしかなかったし、人数も少なかったです
から。みんな家族みたいなものなんです。あと、高校は男子校でした」

「中学は？　共学じゃなかったの？」

「共学でしたけど、その頃は……」僕は口から出かかった言葉を飲み込んだ。「その、
ちょっと、クラスメイトと折り合いが悪くて。恋愛どころじゃなかったです」

「はあ。今どき珍しいね。純粋培養って感じ」

「どうもすみません」と僕は頭を下げた。

「いいじゃん、初恋の相手が外国人の女の子なんて。ロマンチックだよ！」月宮さんは笑顔で僕の肩をぽんと叩いた。「ひと夏の儚《はかな》い思い出で終わらせるんじゃなくて、ちゃんと成就させようよ！　協力するからさ！」

「……ありがとう、ございます」

僕はそっと胸に手を当てた。心臓の辺りで、熱い塊が燃え盛っているような感覚があった。

――これが、恋なのか。

居ても立ってもいられないような、息苦しいような、照れくさいような、怖いような、それでいて、少し嬉しいような。いくつかの感情が複雑に絡まり合い、シャボン玉の表面に浮かぶ模様のように、虹色に揺れ動いている。

初めての経験だったが、それは決して嫌な感覚ではなかった。

玄関先に集まったメンバーを、天川さんがぐるりと見回した。

「全員揃っているな。では、出発するとしよう。まずは、牛が姿を消したという牧場からだ。各々、心して調査に当たるように」

おーっ、と勇ましい声を上げて、月宮さんと日野さんが手を突き上げる。ユーナもそれを真似した。照れ臭かったが、僕も控えめに拳を掲げてみせた。

空は雲一つない快晴で、照りつける日差しには一片の容赦もない。

「天候、よし！」

天川さんは空を確認し、リュックから取り出した機械を眼鏡の左レンズに装着した。これは、ビデオカメラについている小型のモニターを改造したもので、天川さんが背負っているリュックに取り付けられたカメラと無線で繋がっている。

要は、カメラの映像をモニターで確認するための装置なのだが、天川さんが器用に片目で見ているのは、人や物ではなく、空である。

といっても、天候を気にしているわけではないし、ましてや、空の色の移り変わりを楽しんでいるわけでもない。天川さんは、ＵＦＯを探すために、こんな奇妙な機械を着けているのだ。

「前方に注意を払うことはできるが、後方にＵＦＯが現れたらどうしようもない。だから、屋外を歩く時はこうして全方位を確認できるようにするのだ」

天川さんは見通しのいいところを歩く時は、ほぼ確実にこの片目モニターを装着する。街中であろうが、大学のキャンパスであろうがお構いなしだ。おそらく、今回の調査が徒歩で行われるのは、ＵＦＯを見逃さないためだと推察される。

なお、この小型モニターの外見が、『ドラゴンボール』に登場するスカウターという機械に似ているため、天川さんは大学内で、「ドラゴンボールオタク」あるいは、「サイヤ人の人」と呼ばれているらしい。

そんな異様な格好の天川さんを先頭に、アスファルトのひび割れが目立つ村道を進んでいく。

家と家の間隔は結構広い。どの家も立派な庭を備えていて、まるで競うように一軒に一本ずつ、背の高い木が立っている。はっきりとは見えないが、幹に相当数の蝉《せみ》が止まっているようで、あちこちから激しい鳴き声が聞こえてくる。

僕の右隣にはユーナがいる。さすがに目立つということで、黒色のレオタードから、Tシャツとジーンズというありふれた服装に着替えていた。長い髪もポニーテールにまとめられている。いかにも快活そうで、これはこれですごく似合っている。

ちなみに、服はどちらも僕のものだ。体格がちょうど合っていたという合理的な理由があるのだが、ユーナが僕の服を着ていると思うと、なんだかくすぐったさを感じてしまう。

僕の視線に気づき、生垣からはみ出した柿の木を見ていたユーナが「ン？」とこちらを向いた。邪気のない無防備な表情に、脈拍がてきめんに乱れる。息苦しさから逃れるように、「いや、別に」と言って、僕は目を逸《そ》らした。恥ずかしくて、まともに視線を合わせることができない。月宮さんに恋心を指摘されて以降、ずっとこの調子だ。先が思いやられる。

「牧場の方に、面会のアポは取ってないんですよね」

周囲を撮影しながら歩いていた日野さんが、天川さんに話し掛ける。

「相手に警戒心を抱かせたくなかったのでな。いきなり押しかける形になるが、問題なかろう。我々には強い味方が付いている」

振り返った天川さんの右目は、明らかに僕を見ていた。

「……強い味方って、僕のことですか」

「地元民だからね。牧場の人とは知り合い？」

月宮さんが日傘をくるくる回しながら訊く。

「後藤田《ごとうだ》さんという方だったと思いますが、面識は……たぶんないですね」

「大丈夫かな、それで。『誰だコイツ』みたいにならない？」

「狭い村ですし、星原と名乗れば、向こうが勝手に認識してくれるでしょう」と日野さんが楽観的な意見を口にした。

「うまくいくといいけど。ちなみにその牧場って、かなり広いの？」

「いや、そうでもなかったと思いますよ。小規模に酪農をやっているそうです」

「ふうん。じゃあ、牛が一頭行方不明になるって、結構な大ごとかもね」

「そうですね。藁《わら》をも摑む、みたいな感じで調査に協力してくれるかもしれないです」

そんな会話を交わしながら進んでいくと、とうもろこしやトマトが植えられた畑の向こうに、木の柵で囲われた牧草地が見えてきた。

放牧中なのだろう、ぽつぽつと牛の姿が見える。毛の色はみんな茶色だ。無心に草を食べているものもいれば、座ってぼんやり反芻《はんすう》しているのもいる。炎天下であることを除けば、非常にのどかな風景だった。

柵のそばで天川さんは足を止め、左目のモニターを外して牧草地を見渡した。

「目にも鮮やかな緑とはこのことだな」

「本当だね。癒される感じ。——あ、あそこ！　ウサギが走ってる！」

月宮さんがはしゃいだ声を上げた。ウサギは牧草地を駆け抜け、柵の外に広がる森へと姿を消した。

ふと隣を見るとユーナがいない。辺りを見回すと、彼女は柵を乗り越えようとしているではないか。ポニーテールが、文字通り尻尾のように揺れている。

僕は彼女に駆け寄り、「ダメだよ、中に入っちゃ」と慌てて抑えた。

「シュンペイ、アレ」

ユーナは目を輝かせながら牛を指差した。

「あれが牛だよ。見たことないの？」

ユーナはぷるぷると首を振る。どうやら、生で牛を見るのは初めてらしい。動物好きなら、それなりに興味を惹かれるのも分からないではないが、勝手に牧草地に入り込むのはまずい。僕はユーナを促して、先輩たちのところに戻った。

「仲睦《なかむつ》まじくて大変結構ですね」

日野さんは笑顔でビデオカメラを回している。さっきの僕たちの様子はバッチリ記録されてしまったようだ。

「あそこに誰かいるよ」

月宮さんが指差す先、牧草地の隅に、作業服姿の老人の姿があった。手押し車で牧草の塊を運んでいる。老人の顔を見て、すぐにぴんと来た。多少年老いてはいるが、子供の頃に何度か見かけたことがあった。あの人が後藤田さんだろう。

「すみませーんっ」柵から身を乗り出すようにして、月宮さんが手を振り始めた。「ちょっといいですかーっ！」

大声で呼び掛けると、後藤田さんは作業の手を止め、ゆっくりとこちらに近づいてきた。麦わら帽子を被《かぶ》っているが、顔や手はかなり日に焼けていた。年齢は六十歳くらいか。表情は険しく、精悍《せいかん》な印象を受けた。

「なんだね、お前さんたちは」

後藤田さんは眉間にしわを寄せ、僕たちを遠慮なく睨《ね》め回している。その目が僕の顔でぴたりと止まる。

「ん？……もしかして、あんた、星原さんのところの俊平くんか」

「あ、はい」僕はすかさず頭を下げた。「ご無沙汰してます」

「久しぶりじゃないか。さすがに大きくなった。お祖父さんの若い頃によく似とる」

祖父の昔の写真を見たことがないので、リアクションに困った。とりあえず「どうも」と愛想笑いを浮かべておく。

「それで、星原のせがれがワシに何の用だ」

「えっとですね――」

僕は先輩たちを紹介し、牛が行方不明になった件について調べていることを説明した。キャトルミューティレーションと言っても伝わらないので、あくまでボランティアであることを強調する。

「牛は、ここから逃げ出したんですか」と尋ねたのは日野さんだ。天川さんは黙って腕を組んでいる。人当たりのいい日野さんが質問役を担当するようだ。

「逃げたんじゃない。連れ出されたんだ」と後藤田さんは渋面で答えた。「あそこの柵を見てみな」

後藤田さんが指差す先には、周囲と明らかに色合いが違う部分があった。新しい木材が使われているらしく、他より白っぽい。

「ワシが直したんだ。犯人は、柵を壊して、そこから放牧中の牛を外に連れ出したんだ。ハナコという名前の牛で、素直で可愛い子だった」

後藤田さんが悲しげに首を振る。

「放牧していたということは、昼間にやられたんでしょうか」

「いや、ワシのところでは、常に牛を放牧しておる。昼夜も季節も関係ない。ずっとだ。だから、連れ出された正確な時間は分からん。ただ、夕方に確認した時には間違いなくここにおった。いなくなったのに気づいたのが翌朝だから、その間だろうな」

「言われてみれば、牛舎らしき建物が見当たりませんね」と日野さんが周囲を見回す。

「その通り。ここには牛舎はない。牛をなるべく自然に近い環境に置くことで、赤身の旨《うま》さが際立つ、極上の肉牛に育つ。出荷数はその分少なくなるが……まあ、味の分かる人間は、ワシの牛の価値を認めてくれている」

「一度食べてみたいですね、そのお肉」月宮さんが柵に手を掛け、ずいと体を乗り出した。「で、ハナコちゃんはどうなったんですか」

「いないことに気づいて、すぐに探しにいったよ。あの子は、森で見つかった。……死んでおったよ。殺されたんだ」

月宮さんは「ああ……」と呟き、悲しい現実をシャットアウトするように目を閉じた。

「それはひどい」日野さんが同情していることをアピールするように、悲痛な表情で頷く。「警察に連絡はされたんですか」

「もちろん被害届を出した。ワシにとっては、ハナコは家族も同然だ。家族を殺されて、黙っておれるはずがない。だが、今のところ、犯人は見つかっておらん」

「とんでもない悪人がいたものですね」うんうん、と日野さんが頷く。「犯人の目的について、心当たりはありますか」

「ワシには分からん。ただ……少し、様子がおかしかったようだな」

「おかしいというのは」

「ハナコは、背中を切り取られていたんだ。それと、血も抜かれていたようだ」

ほう、と天川さんが呟いた。口元が緩んでいる。ネットの書き込みは事実だった——そのことを喜んでいるに違いない。

「事件は、つい最近のことですか？」

日野さんがメモを取りながら尋ねる。ペンを動かしてはいるが、メモ用紙には何も書かれていない。たぶん、こっそり会話を録音しているのだろう。

「そうだな。七月十日だから、まだひと月も経っておらん」

「ハナコが倒れていたのはどの辺りでしょう」

「ここからそう遠くない。森の中を通る道路の脇に倒れておった。近くに住んでいるものはおらんから、目撃情報は一切ない」

口をへの字に結んで、後藤田さんは道の先に見えている森を指差した。森は左右に長く伸び、円環を成して冥加村を取り囲んでいる。

「あとで現場を見に行きます。ああ、そうだ。これを聞いておかないと。ハナコの体にあった傷跡は、非常に滑らかだったんじゃないですか？」

少し考えて、「いや、そうでもなかったな」と後藤田さんは首を振った。「機械ではなく、人間が刃物で切ったんだろう」

天川さんがわずかに眉を動かしたのが分かった。「切断面が尋常じゃなく滑らかだった」という返答を期待していたのだろう。

日野さんは気を取り直すように咳払《せきばら》いを挟んで、「似たような事件は、他にもあったのでしょうか」と尋ねた。

「他に、か。……ああ、そういえば、村の集会で、誰かが言ってたな。神社で猫が死んでいた、とかなんとか」

先輩たちの間に緊張が走ったのが分かった。インターネットの掲示板には、猫や犬の不審死についての情報もあった。これで、〈新時代の神候補〉なる人物の書き込みが真実である可能性が、また高まった。

「それは、ハナコの一件より前の出来事ですか」

「そうだな。ワシの方から、死骸を見つけた人間に連絡しておこう。神社で会って話を訊くといい」

「ありがとうございます。あとで立ち寄ってみます」

「——貴重な情報、確かに受け取らせていただいた」

ずっと黙っていた天川さんが、急に前に出てきた。

「私は動物に対して愛情を持っている。ぜひ、犯人探しに協力させてもらいたい」

その言葉に感動したのか、後藤田さんは天川さんと固い握手を交わした。

「ぜひともよろしく頼む。犯人を捕まえるためなら、なんでも協力するぞ」

天川さんに促され、僕たちも後藤田さんと握手をした。ごつごつと節が目立つ手は大きくて、とても温かかった。


僕たちはそれから、後藤田さんの案内で、ハナコが倒れていた現場を見に行った。

牧場から西へ十五分ほど歩いたところで立ち止まり、後藤田さんは「ここだ」と道端の空き地を指差した。ひと月近い日にちが経ったこともあり、くるぶしくらいの高さに伸びた雑草の上には、何の痕跡も残っていなかった。

辺りには鬱蒼と木々が生い茂っており、道の前後、見える範囲には一本の街灯もない。

しかも、この道の先は行き止まりで、ずっと放置されている空き地に繋がっているだけだ。ふらりと村民が通り掛かることはありえない。

こんな寂しい場所に牛を連れてきて、残酷な行為に及ぶ——その光景を想像しただけで背筋が寒くなった。とてもじゃないが、まともな人間のすることではない。いっそ、宇宙人の仕業であってほしいくらいだ。

## 5

牧場の近くで後藤田さんと別れ、昼食をとるために、僕たちはいったん前線基地——もとい、僕の実家に戻ってきた。

死んでいる猫を見つけた人とは、午後三時に神社で会えるという。出発は二時半。それまでは自由に過ごすことになった。

先輩たちは食事を済ませると、さっさと部屋に引っ込んでしまった。天川さんは資料読み、日野さんは撮影データの編集、月宮さんは昼寝をするという。

結果的に、僕とユーナは茶の間で二人きりになった。彼女は僕の斜向《はすむ》かいの席で、小学校一年生の国語の教科書を読んでいる。ずいぶん学習熱心だ。

「ゆ、ユーナ」声を上ずらせながら話し掛ける。「日本語、どれくらい覚えたの？」

「ニホンゴ、スコシ」と彼女はすぐに答えた。

「……ふうん。吸収が早いね」

「シュンペイ、コレ、ナニ？」

ユーナが開いた教科書をこちらに向ける。彼女の指先は、「学」という文字を指している。

「それは漢字。なんて説明すればいいのかな。いろんな概念を表す文字……って、伝わらないか。初心者には難しいと思うから、今は読めなくても大丈夫だよ」

「ハイ」とユーナは頷き、教科書をぱたんと閉じた。「ソト、イキタイ」

「え、外？　まあ、いいけど。案内しようか？」

ユーナは「ハイ」と立ち上がる。なんだか嬉しそうだ。

僕は彼女を連れて、先輩たちに気取られないように玄関へと向かった。

外に出ると、ユーナは青空を眩しそうに見上げてから、手首のブレスレットを外した。輪を開き、物差しのような形にしたかと思うと、ラップフィルムを引き出す時のように、短辺方向にぐっと引っ張った。あっという間に真っ黒な板ができあがる。その外観はプラスチック製の下敷きにそっくりだった。

「す、すごいね……」

ユーナはちらりと僕の方を見て、人差し指で黒い板をなぞった。表面が一瞬光り、白く輝く文字が板の中ほどに浮かび上がる。まったく見たことのない文字だ。アルファベットでもハングルでもアラビア文字でもない。強いて言えば、地図記号が一番近いか。○の中央に黒い点を打った字や、菱形《ひしがた》の中に十字を入れたような字が並んでいる。ユーナの出身国で使われている文字なのだろうか。

ユーナは板の表示を確認してから、道端に落ちていた空き缶を拾い上げた。

「それがどうかしたの？」

ユーナが、周期表が描かれた僕のTシャツに触れた。

不意打ちだったので「あっ」と声が出てしまう。布越しとはいえ、指が肌に当たる感覚にはなかなか慣れない。気を取り直して確認すると、彼女の指先は、Al——アルミニウムのマスを押さえている。

「……アルミ缶だって言いたいの？　でも、別に珍しいものじゃないと思うけど」

理解できなかったのか、ユーナは空き缶を潰してズボンのポケットにしまうと、再び黒い板に目を落とした。

それにしても、この板は一体なんなのだろう。液晶が搭載されているらしいが、元は空を飛んでいたあの「棺」なわけで、どんな技術が使われているのだろうと首をかしげてしまう。

やっぱり、これって地球のテクノロジーを超えているような……。

ふっと浮かんだ可能性を、僕は首を振って打ち消した。発想が変な方向に行きかけている。宇宙人なんているはずがないのだから、地球外の技術だって存在しえないではないか。それが普通の考え方だ。ユーナはまだあまり知られていない、最先端の機器を使っているだけなのだ、と僕は自分に言い聞かせた。

ユーナはしばらく黒い板を見つめて、「ココ、ナイ」と呟いた。

「ない？　何か探してるの？」

ユーナは足元に落ちていた小石を拾い上げた。何の変哲もない白い石だ。

「コレ、チガウ」

「……違う種類の石が欲しいってこと？　それなら、冥加山の方に行くとあるかもね。あそこは地学的に珍しい場所らしいから」

僕が冥加山を指差すと、ユーナは納得顔で頷き、「イク」と元気よく歩き出した。

「あ、待って待って。今からはダメだよ。午後の調査があるから。また、自由時間ができたら連れて行ってあげるから」

身振り手振りを交えて説明すると、ユーナは「マタ、イク」と言って、黒い板を再びブレスレットに戻し、手首に装着した。

なんとか伝わったようだ。僕はため息をついて、ユーナと共に家に入ろうとした。と、そこで、郵便受けから白い紙がはみ出していることに気づく。抜き出してみると、三つ折になった一枚の便箋だった。

村からの知らせか何かだろうか。何気なく紙を開いた僕の目に飛び込んできたのは、真っ赤な文字だった。

〈お前が死体を持ち去ったことは分かっている。今すぐ警察に自首をしろ〉

「……なんだよ、これ」と僕は呟いた。死体？　持ち去った？　自首？　書いてある言葉の意味が、まったく理解できない。

「ソレ、ナニ？」

隣でユーナが不思議そうな顔をしている。「なんでもないよ」と僕は笑ってみせた。彼女が漢字を読めなくて良かった、と僕は思った。

こんなもの、ただのイタズラに決まっている。手首が発見されたことを知った村の誰かが、手当たり次第にポストに投げ込んだのだ。

僕は広がりかけた胸騒ぎを抑え込むように、畳んだ紙をポケットにねじ込んだ。

予定の時間にユーナと一緒に玄関に向かうと、ビデオカメラで家の周りを撮影していた日野さんに、「どうしたんです、星原くん」と声を掛けられた。

「どうって、別に何も……」

「そうですか？　普段より表情が硬いような気がしますが」

郵便ポストをちらりと見て、「大丈夫ですよ」と僕は微笑んだ。手紙のことは気になるが、だからと言って何かができるわけではない。忘れてしまうつもりでいた。

全員が揃ったところで、さっそく神社へ向かう。村に神社は一つだけ。冥加神社という当たり障りのない名前で、村の西の端、僕が通っていた小学校の近くにある。

車を使っても良かったが、話を聞いてからまた徒歩で村を回るので、最初から歩きで行くことになった。

村道から、用水路に挟まれた細い脇道に入る。苔《こけ》の生えた用水路を、澄んだ水が流れていく。僕のすぐ目の前を、天川さんがリュックを揺らしながら歩いている。

「天川さんって、結構大胆な嘘をつくんですね」と僕は声を掛けた。

「何のことだ」

「動物に愛情を持っているって、さっき後藤田さんに言ったじゃないですか」

天川さんが愛しているのは宇宙人だけだ。動物好きであることをアピールしたのは、後藤田さんの協力を取り付けるためだったのだろう。

そう思ったのだが、天川さんは「別に嘘ではない」と言う。

「すべての動物とは言わんが、珍妙な生物は愛《め》でている」

「珍妙というと、例えば……」

「まずはエイだ。彼らの腹の模様は、いかにも宇宙人のようだ。深海魚も好きだ。あの異様なフォルムは、明らかに地球上の生命の枠を逸脱している。地上も捨てたものではない。昆虫は非常に興味深い生物だ。体長に比して異様に巨大な複眼、そして、六本の足と透明な羽。宇宙人を連想させるものがある」

「それはまた……ずいぶんと変わったご趣味で」

僕は嘆息した。天川さんの頭の中には、様々な生物を強引に宇宙人と結びつける回路が存在しているに違いない。

「それで納得がいきました」と日野さんが指を鳴らした。「昔、水族館で会長を見たことがあったんですが、そうか、宇宙人っぽい生き物を見てたんですね」

「昔って、いつの話ですか？」

「高校時代です。俺と会長は同じ高校出身なんですよ」

「え、そうだったんですか。じゃあ、その縁で超現研に誘われたんですか」

「いえ、俺が自分で入会を希望したんです。彼が奇妙なサークルを立ち上げたという噂を耳にしましてね。実に面白そうなサークルだったので、俺も入ることにしたんです。それに、会長そのものにも興味があった」

「あれ、そうだったんだ」

初耳なのだろう、月宮さんも興味深そうに日野さんの話を聞いている。

「ええ。高校時代は、俺と会長の間にはほとんど交流はありませんでした。ただ、面白そうな奴《やつ》だとは思ってましたけどね。安全ロープなしに綱渡りをしているような危うさと、他人からどう思われても構わないという高潔さを合わせて持っている人物は、そうはいませんから」

「褒め言葉だと受け取っておこう」

天川さんは振り向かずに言った。

日野さんは雑誌の表紙を飾れそうな笑顔で「俺の素直な気持ちを伝えただけですよ。いい機会だったんで」と言って、月宮さんの肩をぐいっと摑んだ。

「ちょ、なになに、どうしたの日野くん」

「次は月宮さんの番です。普段、天川のことをどう思っているか、率直に語っちゃってください」

「どうって、そんな、あたしは別に……」

月宮さんがうつむきがちに呟く。顔が赤くなっている。

彼女の様子がおかしくなったのを見て、ユーナが心配そうに「アキノ、ゲンキナイ」と月宮さんの顔を覗き込む。

「大丈夫です、ユーナさん。彼女は病気ではありません」すべてお見通しだというように、日野さんが微笑んだ。「まあ、恋の病をどう解釈するかによりますが」

「コラ！　日野！」

月宮さんが慌てて口を塞ごうとするが、背の高さが違いすぎる。顔を真っ赤にしながらぴょんぴょんと跳ねまわる月宮さんを、日野さんは「どう、どう」と楽しそうにいなす。その様子を見て、ユーナはくすくすと笑っている。

「二人とも、ふざけるのはその辺にしておけ。神社が見えてきたぞ」

天川さんが指差す先、村を取り囲んでいる森の中に、埋もれるように鳥居が立っていた。冥加神社の入口だ。地元に伝わる昔話によると、冥加神社は安土桃山時代からこの地にあるのだという。

鳥居を抜け、濃密な影によって黒く染められた石畳の参道を進んでいく。ユーナは僕の隣で、不思議そうにきょろきょろと視線をさまよわせている。外国人の彼女の目には、神社は神秘的なものに映っているに違いない。

「いいですねえ、ここ」日野さんはうっとりした口調で呟く。「雰囲気が素晴らしいですよ。ぜひ、夜中に訪れたいスポットです」

「夜に来ると、どうなるんですか」

「非常に興味深いものが見られるかもしれません。霊魂とか、幽霊とか」

「それはそれで面白そうだが、今回の調査対象ではない」と、天川さんが日野さんをたしなめた。

「分かっています。次の調査旅行は俺の担当ということで、よろしく頼みますよ」

「保証はできかねる。宇宙人に関する謎は尽きることがないからな」

「えー。そろそろ、あたしの方もなんとかしてほしいなあ。他の超能力者の人に会いに行ってみたい」と月宮さんが不満気に言う。

やはり、三人は自分の得意分野に相応のこだわりを持っているようだ。この調子なら、卒業まで――あるいはその後も――調査旅行のネタが尽きることはなさそうだ。

森を貫くように伸びていた参道を抜け、境内に足を踏み入れる。玉砂利が敷かれた境内の中央には、大きな楠《くすのき》が堂々と枝を伸ばしていた。いわゆるご神木だろう。

楠の幹の向こうに、賽銭箱《さいせんばこ》が置かれた拝殿が見える。ひと気はないが、頻繁に掃除されているらしく、落ち葉やゴミなどは見当たらない。

僕は目を閉じ、大きく深呼吸した。

潤いを帯びた空気、木や苔が醸し出す独特の匂い、頭上から降り注ぐ蟬の声。小学校の頃に、ここで友達とかくれんぼをした記憶が自然と蘇ってきた。

懐かしさを嚙み締めていると、「おい、星原」と名前を呼ばれた。見ると、先輩たちは境内の片隅に作られた手水舎《ちようずや》で手を洗っていた。オカルト信奉者だけあって、皆さん信心深いようだ。僕はユーナを促して、見よう見まねで手と口を洗った。

「――君たちが、東王大学の学生さん？」

ふいに、拝殿の裏から作務衣《さむえ》姿の男性が姿を見せた。年齢は四十歳くらいか。あまり生気がないように見えるが、夏バテでもしているのだろうか。長くてぼさぼさの髪には、白いものが少し混じっていた。

「後藤田さんから連絡をもらったんだけど……」

「これはどうも」と日野さんが欧米人のように両手を広げてみせる。「わざわざご足労いただき、ありがとうございます」

「いえ、別に大したことじゃ……」

男性は卑屈な笑みを浮かべ、鍋島《なべしま》と名乗った。

「神社で猫が死んでいたと伺ったのですが」

「ああ。現場を見に行こうか。といっても、もう痕跡はないんだけど……」

鍋島さんはぼそぼそと小声で言って、境内の奥へと僕たちを案内した。拝殿の真裏で足を止め、「ここだよ」と彼は地面に敷かれた玉砂利を指差した。

ビデオカメラで辺りを撮影しながら、日野さんが「発見の経緯を教えてもらえますか」と説明を求めた。

「……あれは、六月の、確か二十日だったかな。この神社の掃除は当番制で、その日はウチの番でね。それで、早朝にここにやってきたら、猫の死骸があったんだ」

「自然死ではなかったんですね」

「……ああ。遠目には寝ているように見えたけど、近づいてみて驚いたよ。鋭利な刃物で、喉が切られていたんだ」

ひどい、と月宮さんが小声で呟く。同調するように、日野さんが「罰当たりもいいところですね」と頷いた。「掃除が大変だったんじゃないですか」

「いや、血はそれほど出てなかったから……」

「不自然だな」天川さんが地面を見つめながら言った。「地面に血が流れ出ていないということは、どこか別の場所で殺した可能性が高い。なぜ、わざわざ神社に死骸を捨てたのか。そこらの道端でも構わないはずだ」

「そ、それは……」

天川さんの口調に怯《ひる》んだらしく、鍋島さんは目を逸らして口を閉ざしてしまう。助け船を出すように、「猫は、誰かの飼い猫だったんですか？」と月宮さんが優しく尋ねた。

「いや、違うよ。猫はこの神社に棲み着いてたんだ」

「最初からその猫をターゲットにしていたのなら、犯行現場はここで決まりでしょう」と日野さんが明るく言った。「地面に血痕が無いのは、ビニール袋か何かの中で喉を切ったからじゃないでしょうか」

「そう、なんだろうね、きっと……」

どこか安堵した様子で鍋島さんが頷く。

「肉が切り取られていなかったか」

天川さんの問いに、「は？」と鍋島さんが眉根を寄せる。

「肉だ。猫の肉体に、他に傷はなかったのかと訊いている」

「い、いや、それはないよ。僕が埋葬したから。喉の傷だけ」

天川さんの質問の意図は僕にも分かった。この事件とハナコの事件の類似性を気にしているのだ。

「傷口はどうだ。異様に滑らかだったということはないか」

「そんなにまじまじとは見てないよ」と鍋島さんは弱々しく首を振る。

「他に、動物が危害を受けたという話はあるか」

「後藤田さんのところの牛がやられたって……」

「それはもう聞いている。それ以外にないのか」

「……いや、知らないな」と言って、鍋島さんは腕時計に目を落とした。「……ああ、もうこんな時間か。ちょっと用があるから、もういいかな」

鍋島さんの取ってつけたような物言いに、僕は違和感を覚えた。この場から逃げ出すための方便に聞こえて仕方なかった。天川さんの喋り方にビビッてしまったのだろう。やはり、天川さんは人から話を聞くのに向いていない。

これ以上引き留めるのは難しいと判断したらしく、「ええ、貴重なお話ありがとうございました」と日野さんが笑顔でお礼を言った。

「そうかい。じゃあ、僕はここで……」

「あの――」

そそくさと帰ろうとした鍋島さんを、月宮さんが呼び止めた。

「……何かな？」

「すみません、あと少しだけ時間をください。猫ちゃんのお墓にお参りしたいんです」

突然の申し出に驚いたようだったが、やがて鍋島さんは「ああ」と静かに頷いた。

「……埋めた場所に案内するよ。あの猫も、きっと、喜ぶと思う」

6

猫の墓参りを済ませ、僕たちは神社の境内をあとにした。

「……ちょっと、疲れたね」

鳥居を抜けたところで、月宮さんがぽつりと呟いた。顔色があまり良くない。呼吸も乱れているようだ。

どれ、と言って、天川さんが月宮さんの額に手を当てた。

「少し、熱がある。予知夢のせいだろう」

「たぶん。昼寝はしたんだけど……」

月宮さんはしおらしく頷き、木陰にあった大きな岩に腰を下ろした。

「予知夢のせいって……どういう意味ですか？」

「予知夢を見た時に、こんな風になっちゃうことがあるの。……知らないうちに、体力を消耗してるのかもしれない。運動してないのに、変だよね」

「未来を覗き見るのだ。疲れるのも当然だろう」

「そうですね。強力な能力には、それ相応の対価が必要なのでしょう。真に超越的な力というのは、そういう類のものだと思いますよ」

天川さんと日野さんが、確信めいた口調で言う。

二人の先輩が予知について語る時、そこには毛ほどの疑念も存在していない。予知が本物であると、心から信じているからだ。

ただ、予知を信じすぎるがゆえに、時に彼らは暴走することがある。月宮さんが夢で見た光景を、全力で実現しようとするのだ。

僕が超現研に入ることになったきっかけも、月宮さんの予知だった。

今年の四月。僕は新入生らしい緊張感とともに、柔らかい日差しが降り注ぐ、東王大キャンパスに足を踏み入れた。

午前中は入学式で、午後に二つの行事が行われた。一つ目が、単位のシステムや学内の施設を紹介する新入生説明会で、もう一つが、上級生によるサークル勧誘だった。

噂には聞いていたが、サークル勧誘はすさまじかった。説明会を終えて外に出てみると、正門へと続く通りの左右に、長い人の壁ができていた。運動系のサークルの人は自分たちのユニフォーム——柔道着や剣道の防具や水着——に身を包んでおり、文化系のサークルの人は負けじとコスプレしたりしていた。

仮装行列もかくやの派手っぷりだったが、超現研の三人は、実はその中にはいなかった。彼らが姿を見せたのは、その翌日、講義が始まった最初の日だった。

朝、講義が行われる教室へと向かうべく、一人で廊下を歩いていた僕は、見通しの悪い曲がり角で、出会い頭に見知らぬ男性とぶつかってしまった。

衝突のはずみで、男性は胸に抱えていた木箱を床に落とした。がしゃんと嫌な音が聞こえた瞬間、僕の頭は真っ白になった。

「これは困った」と、眼鏡を掛けた痩せぎすの男性——天川さんである——は渋面で頭を搔いた。

「あの、中には何が……」

「非常に大切な皿が入っていた」

天川さんはその場にしゃがみ、横倒しになった箱をゆっくりと蓋を開けた。箱の中には、無残に砕けた陶器の破片が詰まっていた。青色の蔦模様《つたもよう》が描かれた白い破片を手に取り、天川さんは「これはひどい、台無しだ」と嘆いた。

「え、えっと、あの……その、それは、弁償した方がよろしいのでしょうか」

「それは難しいだろう。オークションに出せば百万以上の値が付くものだ」

「ひゃ、百万……？　あの、一度に全額は無理でも、分割で、なんとか……」と僕は震える声で言った。

「ふむ。その意気やよし。私にも慈悲の心はある。君の誠意に免じて、なかったことにしよう。その代わり、私が主宰するサークルに入ってもらう」

「……え？　サークルって……それだけでいいんですか？」

「人と人との出会いには、百万円以上の価値がある。――返答を聞かせてもらおう」

「そういうことでしたら、はい、よろしくお願いします」

僕が承諾すると同時に近くの教室のドアが開き、長身の男性が姿を見せた。ビデオカメラを片手に構えたそのイケメンはもちろん日野さんで、彼は「どうも、初めまして」などと言いながら、一枚の紙を僕に差し出した。入会届だった。

「ここに名前と印鑑をお願いします。あ、拇印《ぼいん》で結構ですよ。朱肉もちゃんとありますので、安心してバンバン押してください」

今にして思えば、ここで踏みとどまるべきだった。しかし僕は、あっさりと……というか、むしろ進んでサインをした。詐欺に引っ掛かる人が陥る心境は、たぶんこんな感じなのだろう。救われたという思いは、判断力を鈍らせてしまう。

その日の夕方。僕はさっそくサークルの会合に参加することになった。場所は大学の近くの喫茶店で、店の奥の席で待っていたお団子ヘアの女性が、月宮さんだった。

開口一番、月宮さんは「ごめん！」と頭を下げた。

意味が分からず、「……あの、どうして謝るんです？」と尋ねると、月宮さんはにっこりと笑った。

「あたし、夢で見ちゃったんだ。君がこうして、サークルの会合に参加するシーンを」

「ただの夢ではない。それは予知だ。予知は絶対であり、これは運命である。ゆえに我々は、なんとしても君をサークルに勧誘せねばならなかった」と天川さんが畳み掛けるように言う。

「そのために、策を練りまして」日野さんは楽しそうに僕を撮影していた。「作戦は、都内の骨董店《こっとうてん》で、古伊万里《こいまり》の大皿を見せてもらうところから始まりました」

僕はそこでようやく、自分が罠《わな》にはめられたことに気づいた。

「高価な皿を僕に割らせて、サークルに……無理やり入会させたってことですか」

「大筋では合っていますが、あの皿は本物ではありません」と日野さんが言った。「歴史的に価値のある骨董を破壊するのは、許されざる行為ですからね」

「そうだ」と天川さんが頷く。「古伊万里の撮影データを基に、我々は苦心惨憺《くしんさんたん》して同じものを再現した」

「再現って……？」

「無地の大皿を買ってきて、それに模様を描くの。思ってた以上に大変だったよ」と月宮さんがしみじみと呟く。

「時間をかけただけあって、出来は完璧だ。オークションに出せば百万円以上になるというのは、嘘ではないぞ」と天川さんが自信たっぷりに締めくくった。

僕はあまりに荒唐無稽な展開に、言葉を失っていた。たぶん、顔面は蒼白で、瞳孔《どうこう》は散大していたに違いない。

「ホントにごめんね」月宮さんは席を立って、僕の手を取った。「でも、あたしたちの出会いには、きっと意味があると思う。これからよろしくね」

「え、あの……」

「彼女の言うことに間違いはありません。安心してください」

日野さんが、空いている方の僕の手を握った。

「君を歓迎する。超常現象研究会へようこそ！」と、天川さんが堂々と宣言した。

こうして、僕は超現研の一員となった。

自分たちで作った皿を割らせて、強引に勧誘するというエキセントリックさには閉口したが、僕は彼らから逃げようとは思わなかった。彼らは真剣そのもので、逃げ出せば、どんな手段を使ってでも僕を引き戻すと思ったからだ。

しばらく休憩しても、月宮さんの体調が回復する様子はなかった。

「これは、ちゃんと横になった方がよさそうですね」日野さんが顔をしかめながら空を見上げた。「暑さの影響もあるのかもしれません」

日は傾き始めているが、それでも気温は三〇℃近いだろう。照り返しがない分、都心のコンクリートジャングルよりはマシだが、暑いことに変わりはない。

天川さんは腕時計を確認して、「もう午後四時近い。今日はこの辺りで調査を打ち切ることにする」と宣言した。

「うん……ごめんね」

天川さんは「気にするな」と言ってリュックを下ろすと、月宮さんに背を向ける形で、その場にしゃがみ込んだ。

「歩くのは辛かろう。おぶさるといい」

「え、いや、それはちょっと……」

月宮さんの顔が赤いのは、熱のせいだけではないだろう。

ためらう月宮さんを見て、「ハイ」と、ユーナが手を挙げた。天川さんの隣に同じようにしゃがんで、「アキノ」と笑顔を浮かべる。

「えっと……」

月宮さんがためらっていたので、「こんな時ですし、いいんじゃないでしょうか」と僕は頷いてみせた。

「そう？　じゃあ、お言葉に甘えて……」

月宮さんを背負い、ユーナはすっと立ち上がった。月宮さんは小柄な方ではあるが、まるで重さを感じていないようなスムーズさだった。華奢に見えるが、ユーナの身体能力はかなり高いようだ。

「では、私は先に戻って車を回す。村道のところで待っていてくれ」

言うが早いか、天川さんは猛然と駆け出した。あっという間に、その背中が遠ざかっていく。

「会長はナイトになり損ねましたね」と、日野さんが笑った。

「だって、もう大人だし、恥ずかしいよ」と言って、月宮さんは目を閉じた。「いいんだ。……気持ちだけで、充分嬉しかったから」

レンタカーで実家に戻ると、ユーナはさっと車外に飛び出し、再び月宮さんを背負った。月宮さんはぐったりしたまま、彼女が寝泊まりしている部屋に運ばれていった。

運転席から降りてきた天川さんに、「大丈夫でしょうか」と声を掛けた。

「心配はいらん。月宮は、我々の誰より自分のことを把握している。休めば治るというなら、それを受け入れ——むっ！」

喋っている途中で、天川さんがいきなり村道に飛び出した。

手を広げた彼の前で、一台の黒いセダンが急ブレーキを踏む。

「危ないだろうが！」

窓から顔を出して怒鳴った薄毛の刑事には見覚えがあった。確か、安西さんだったか。助手席には真尋さんが座っている。

天川さんはボンネットに両手をつくと、フロントガラス越しに運転席に顔を近づけた。

「な、なんだ」

「被害者の身元を知りたい。すでに判明しているのだろう」

「……お前、どこでそれを」

驚いて目を丸くする安西さんに、天川さんはいけしゃあしゃあと「ただの勘だ」と答えた。「だが、どうやら図星だったようだ」

安西さんが目を逸らし、憎々しげに舌打ちをする。

「あまり気になさらないでください。彼はこういう喋り方しかできないんです」

「……あんたも、サークルのメンバーか」と、安西さんが日野さんを訝《いぶか》しげに睨む。

「ええ。日野と申します」と、日野さんは笑顔で頷く。「ところで、被害者の身元の件ですが。本当に判明しているのであれば、ぜひお教えいただきたいですね。どの道、村民に被害者のことを訊いて回るんでしょう？」

「いや、それはそうなんだが……」

安西さんが助手席の真尋さんに目を向けた。彼女の表情は暗い。普段の凜々しさは影を潜め、疲労が色濃く漂っている。

僕の視線に気づき、真尋さんが小さく嘆息した。

「……安西さん。私のことは気にしないでください。彼らと情報を共有すると約束しましたから」

「長塚くんがそう言うなら……まあ、教えてやるか。お前の言う通り、ついさっき、崖の近くに停められていた車の持ち主が判明した」

「ほう。その人物が、手首の持ち主だと？」日野さんがデジカメを安西さんに向けた。

「しかし、それだけで本人だと断言するのは無理でしょう」

「もちろんだ。素人に言われんでも、そんなことは分かっている。あと、レンズをこっちに向けるんじゃない。俺はアイドルでもスターでもないんだぞ」

「これは失礼しました」

安西さんに言われて、日野さんはデジカメをしまった。

「すぐに被害者の素性が割れた理由は、指紋だ。車の持ち主の指紋が警察に登録されていたんだよ。手首から採取した指紋と照合した結果、見事に合致した。被害者はこの村に住む二十代の男性で、名前は高浦伸吾《たかうらしんご》」

「高浦……って、もしかして、あの？」

僕が漏らした呟きに、「そう。いま俊平くんが思い浮かべてる人」と真尋さんが静かに答えた。

「被害者のことをご存じなのか」

天川さんの問いに、「ええ」と真尋さんが頷いた。

「私もこの村出身だから。高浦くんは……幼馴染みなの」

「……そうなんですか」日野さんが沈痛な面持ちで呟く。「ご愁傷様です」

「その言い方は止めて」真尋さんが日野さんを睨みつけた。「手首が見つかっただけで、まだ死んだと決まったわけじゃないから」

「……失言でした。申し訳ありません」

日野さんは素直に頭を下げた。僕も真尋さんに謝罪したい気分だった。日野さんと同じく、僕も高浦さんは殺されたのだと思ったからだ。

手首を失うのはかなりの大怪我《おおけが》だが、死んだと断定する証拠にはなりえないのも事実だ。被害者が顔見知りなら、生存を信じるのも当然だろう。

重くなりかけた空気を振り払うように、「それで」と天川さんが普段より大きな声で言った。「高浦氏の行方は分かっているのか」

「足取りは不明だ」安西さんが首を横に振る。「彼は一人暮らしで、おまけに近所付き合いはほとんどしていなかったようだ。ただ、昨日の夜、午後九時過ぎに、近所の住人が被害者のものと思われる車のエンジン音を聞いている。運転していたのが本人かどうかは分からんがね」

ふむ、と天川さんがしかつめらしく頷く。

「高浦氏の交友関係はもう洗ったのか」

「偉そうな口を利くんじゃないって言ってるだろ！　これから調べるんだよ！」

安西さんが顔を真っ赤にしながら叫ぶ。

「お前ら、余計なことをするんじゃないぞ。捜査の邪魔だと判断したら、公務執行妨害でブタ箱に放り込んでやるからな」

捨《す》て台詞《ぜりふ》を残して、安西さんが車を発進させた。通りすぎる直前、こちらを見ていた真尋さんと視線がぶつかったが、彼女はすぐに目を伏せてしまった。あんな風に暗い表情をしている真尋さんを見たのは、初めてのことだった。

相当ショックだったんだな——。

慰めの言葉を掛ければよかった。僕は微かな後悔と共に、去っていく車を見送った。

# 7

夜の帳《とばり》が下り、さそり座のアンタレスが南の空で赤く輝き始めても、月宮さんが起き出してくる気配はなかった。

昨夜は茶の間でオカルト談義に華を咲かせていた先輩たちだが、今日は飲み会を開くつもりはないらしい。月宮さんがいないと調子が出ないようだ。

僕は早々に部屋に戻り、布団に寝転がって、ポケットに入れっぱなしにしていた手紙を眺めていた。

〈お前が死体を持ち去ったことは分かっている。今すぐ警察に自首をしろ〉

何度読んでも、不気味な文面だ。

警察に自首しろと言っている以上、ここに出てくる「死体」というのは、人間の遺体であると考えるべきだろう。手首だけが残されていたという状況を考えると——生きている可能性が否定されたわけではないが——高浦さんの遺体を指しているように思える。

だが、どうして差出人は、僕、あるいはこの家に滞在している誰かを犯人だと決めつけたのか。

あるいは――。

差出人は、ユーナのことを疑っているのだろうか。もし、崖下にいたユーナを目撃した人物がいたとしたら、彼もしくは彼女が、ユーナに疑いを持つのは当然と言える。だが、それにしてはやり方が迂遠《うえん》すぎる。手紙を出すくらいなら、目撃者として警察に名乗り出た方が手っ取り早いはずだ。自分の素性がバレるのが嫌なのだろうか。

あれこれ考えてみるが、どうもよく分からない。

手紙をポケットに戻し、目を閉じてまぶたの裏にユーナの笑顔を描き出してみる。

高浦さんの手首が発見された現場に彼女がいたことは、不可解ではある。それでも、僕はユーナに疑いの目を向ける気にはなれなかった。

僕はもやもやした気持ちを押し潰すように、引き寄せた枕を強く抱き締めた。


ふと気づくと、僕は夜の山の中を走っていた。

どうして、こんなところに……？

視線を上方に向けると、黒い物体が飛んでいるのが見えた。「棺」だ。

そうだ、あれを追い掛けているんだ。僕は自分の使命を思い出す。

こちらを振り切ろうとするように、「棺」が速度を上げる。僕は幹を避け、頭を下げて枝をかわし、木の根に躓《つまず》かないように時々ジャンプをしながら、全速力で森の中を疾走する。体が異様なほどに軽い。ヒョウかチーターにでもなった気分だった。

そうこうするうちに、「棺」が高度を下げ始めた。見失ってなるものかと、僕は「棺」の動きを注視しながら駆けていく。

やがて森が途切れ、野球場のような形をした、芝生に覆われた場所に出た。広い空間の中央付近に、「棺」が着陸しようとしている。

とうとう捕まえた――。息を整えつつ、高揚感に導かれるように「棺」の落下地点に近づいていく。

僕の頭上、数メートルから、ゆっくりと「棺」が降りてくる。目の前にふわりと着陸したそれは、丁寧に磨き上げられたピアノの筐体《きようたい》のように、黒々と光っている。

辺りに人影はなく、満天の星空と満月が、僕と「棺」を静かに見下ろしていた。僕はその場に膝をつき、何かに導かれるように「棺」に手を載せた。

微かな振動と共に、蓋が開いていく。

中に、何が入っているのだろう――。

待ちきれずに顔を近づけた瞬間、大地がぐらぐらと揺れ始めた。まずい、と思うが激しい揺れのせいでその場から動けない。僕は地面にうずくまり、頭を抱え込んだ。

――俊平。

どこからか、女性の声が聞こえた。聞き覚えのある声だった。

——起きて、俊平。

彼女が、うずくまっている僕の背に優しく触れる。

そうだ……この声は。

やがて僕は答えに気づく。

ユーナの声だ——。

ぱっと目を開くと、僕の顔のすぐ前にユーナの双眸《そうぼう》があった。

「オキタ、シュンペイ」と、彼女が笑う。

僕は慌てて体を起こした。そこは僕の部屋で、僕は布団に仰向けになっていて、部屋の明かりはついたままで、そして、僕のすぐ横にユーナがいた。

「ど、どうして……ユーナがここに？」

寝癖を直し、布団に座り直す。枕元の時計を見ると、午後十一時過ぎだった。

「シュンペイ、ゲンキ、デス？」

「うん、まあ、元気だよ」

「ヨカッタ、デス」と彼女は微笑んで、僕の手を取った。

「なになに、どうしたの」

ユーナの日本語がうまくなっていることと、彼女の手の温もりに戸惑いながら、僕は立ち上がった。

「フクロ、ホシイ、デス」

「袋？　袋ねえ……」

僕は室内を見回し、子供の頃に使っていた勉強机の引き出しを開けた。

やっぱり、まだ捨てずに取ってあった。引き出しの奥から、白い斑点が散った黒い布袋を取り出す。家庭科の授業で僕が作った、シューズ入れだ。表面の模様は星空をイメージしている。黒い布に白糸で刺繍《ししゅう》をしたのだ。

「これでいいかな」

袋を受け取ると、ユーナは潰れた缶をポケットから取り出した。昼間に家の前で拾ったものだろう。それを嬉しそうに袋に入れる。

「シュンペイ」ユーナが窓の外の冥加山を指差した。「イキマショウ」

「外に行きたいの？　ああ、そっか」

そうだ。時間ができたら冥加山に連れて行くと約束していたんだった。

「でも、真っ暗だから、また明日に……いや、それは明かりを持っていけば済むことか……いや、でもなあ」

「イキマショウ、シュンペイ」

ユーナは僕の手を引いて外に連れ出そうとする。その手を振りほどけるはずもなく、僕は鼓動の高なりに追い立てられるように、彼女と共に部屋を抜け出していた。

そっと一階に降りる。茶の間の明かりは消えている。先輩たちを起こすと、いろいろややこしいことになりそうだ。僕たちは物音に気を使いながら、勝手口から外に出た。

夜空はよく晴れていて、星々は柔らかい光で今夜も闇を照らしている。昼間の熱気は嘘のように遠ざかり、ひんやりとした風が僕の首筋を撫でていった。

「自転車で行こうか」

後ろの荷台にユーナを乗せ、僕はペダルを踏み込んだ。

二人乗りでずっと上り坂なので、かなり疲れるに違いない。しかし、体力があるところを見せて好印象を与えたいという、ささやかな目標のために頑張ることにする。

快調に村道を飛ばし、森を抜ける道に入る。

体が触れ合う距離にユーナがいる。昨夜、山からの帰り道では感じなかった、息苦しいほどの緊張が僕の体を支配していた。自覚した恋心が自律神経に影響を与えているらしい。

ひと気のない夜道に、二人っきり。黙っているとろくでもない妄想ばかりが膨らむので、「ねえ、日本語、ずいぶんうまくなったんじゃない」と話し掛けた。

「すごいね、たった一日で。やっぱり、実地でやると違うんだな。前から勉強してたんでしょ？」

「ベンキョウ、シテナイ、デス」

「ええ？　じゃあ、初めて日本語に触れたってこと？　嘘でしょ？」

信じ難い話だ。一日でスワヒリ語を使えるようになれと言われたら、僕ならたぶん半泣きになる。だが、ユーナが嘘をついているようには思えなかった。

ユーナはとんでもなく高い知能の持ち主なのだろうか。それこそ、地球人を凌駕《りょうが》するような……。

……そうじゃないだろ。僕は首を振った。また論理が飛躍している。

おそらく、ユーナは語学の天才なのだ。きっとそうだ。そう考えておけば間違いはない。それで充分に説明ができているじゃないか。

とにかく、彼女の旺盛な学習意欲と優れた言語習得能力のおかげで、予想より早くコミュニケーションの機会が生まれた。これを逃す手はない。訊きたかったことを訊くチャンスだ。

「ねえ、ユーナ。ユーナは、何のためにこの村に来たの？」

「ムラ、キタ、イイ、バショ、ダカラ」

「いい場所？　そうかな……見るところもないし、たいして面白くないと思うけど。まあいいや。じゃあ、何人で来たのかな。一人？」

「ヒトリ、デス」

「あ、やっぱりそうなんだ。でも、どうして一人で？　旅行なの？」

「リョコウ……」ユーナは少し考えて、「ハイ、リョコウ、デス」と答える。

「その割には身軽すぎるんじゃない？　荷物はどうしたの？」

「ニモツ……ナイ、デス」

「手ぶらで？　ってことはさすがにないか。どこかで無くしたの？」

「……ナイ、デス」

状況はよく分からないが、このままではさすがに困るだろう。彼女の祖国の領事館に問い合わせるなりなんなりの対応が必要だ。

「それじゃあ、次の質問ね、ユーナはどこから来たの？」

「ドコカラ……」

「国の名前。アメリカ？　ヨーロッパ？　それともアフリカ？」

「チガウ、デス。ウチュウ、デス」

「宇宙って……え？　つまり、宇宙人ってこと？」

ブレーキを掛けて振り返ると、ユーナは大きく頷くではないか。

「そんなの、おかしいよ！」僕は間髪をいれずに言った。「だって、君の見た目は地球人とまったく同じじゃないか！」

「……オナジ？」

「違う星からやってきたのなら、当然体の作りにも違いがあるはずだよ。重力だって気温だって違うんだから。ユーナの言うことには説得力がないよ！」

「……ワカラナイ、デス。ハヤイ、シュンペイ」

困惑するユーナを見て、僕は我に返った。どうして僕は、彼女が聞き取れないほど必死になって反論しているのだ。

冷静になれ、と自分に言い聞かせる。

そもそも、宇宙人なんてものは、この世に存在しない。確かに、彼女は空から落ちてきた箱の中に隠れていた。「棺」の正体は依然として謎のままだが、だからといって、「ああ、あなたは宇宙人ですね」とはならない。

どうして、常識的な思考を見失って過剰反応してしまったのか。今だけじゃない。思い起こしてみれば、昨日からずっとそうだ。僕は事あるごとに、ユーナが宇宙人ではないかと考えてしまっている。

――もしかして僕は、宇宙人がいる可能性を、本当は信じているのだろうか？

僕は軽く自分の頬を叩いた。ぐちゃぐちゃ考えていても仕方ない。気が昂《たか》ぶってしまったのは事実だ。次からは落ち着いて対処すればいい。

「……ごめん。変なこと訊いちゃって。気にしないで」

僕はユーナに背を向けると、再びペダルを漕ぎだした。

怒りをユーナにぶつけるような真似をしたのは、大きな失敗だった。「宇宙からやってきた」というのはただのジョークであり、僕を馬鹿にしようとしたわけではない。冗談でごまかしたのは、出自を明かしたくないからだろう。この話題にはしばらく触れないことにしよう。

ユーナは時々自転車を降り、僕が渡した袋に、道端の石ころを集めていた。何度目かの時に、「ねえ、ユーナ。どこまで行けばいいのかな」と僕は尋ねた。ユーナは「棺」を変形させた例の黒い板の表示を確認し、「スコシ、タリナイ」と首を横に振った。「モット、ウエ、イキマス」

「あ、そう……」

思わずため息がこぼれた。ユーナと二人でいられるのは嬉しいのだが、いよいよ坂がきつくなってきた。全力を出さないと、傾斜に負けて転んでしまいそうだった。

「じゃあ、頑張って漕ぐか……」

「マッテ、シュンペイ」ユーナは持っていた袋を自転車のカゴに入れると、僕に代わってサドルに跨《またが》った。「ウシロ、ドウゾ」

「運転してくれるの？　でも、二人分の体重って、結構大変だよ」

「ダイジョウブ、デス」とハンドルを握るユーナ。やる気満々、という感じだったので、とりあえず言う通りにする。実際に漕いでみれば、すぐに無理だと分かるだろう。

僕が荷台に座ったのを確認して、ユーナはペダルを踏み込んだ。

強い加速で、ぐっと体が後ろに引っ張られる。僕は慌てて荷台の縁を摑んだ。ユーナはサドルに座ったままだが、自転車はぐいぐいと加速していく。思わず、補助用の電動機が付いていないかどうかを確認してしまう。もちろん、そんなものはどこにも見当たらない。

僕は首をかしげた。ユーナの脚は競輪選手のように太いわけではない。なぜ、こんなに力強く加速できるのか理解できなかった。見かけによらず、ユーナは相当筋力が強いらしい。

「は、速いね、すごく。うん、しばらく君に任せるよ。あ、でも、疲れたら言ってね。いつでも代わるからさ」

そう付け加えたものの、ユーナは左手に持った黒い板を見ながら、汗一つかかずにペダルを漕いでいる。鼻歌の一つでも歌い出しそうな余裕っぷりを見て、自分の出番が永遠に訪れそうにないことを僕は悟った。

二人乗りの自転車は崖の裏を通るトンネルを抜けて、さらに山を登っていく。

気持ちのいい風を感じながら、ガードレールの向こうに目を向ける。

田んぼ、昔ながらの家、新しい家、小学校、神社、牧場……そこにあるはずのものは、どれも藍色《あいいろ》の闇に沈んでいたが、村を囲う森の輪郭は、星明かりを受けてぼんやりと浮かび上がっていた。——懐かしい景色がそこにあった。

小学生だった頃、山の頂上にある天文台を訪れるため、父の車で毎週のようにこの道を通っていた。

宇宙に興味を持っていた幼い僕。純真だったと、自分でも思う。

当時は、夜になるのが本当に楽しみだった。学校が終わると急いで自宅に戻り、辺りが暗くなるのを待って、二階のベランダに設置していた望遠鏡で、来る日も来る日も夜空を眺めていた。

自分の頭の上に無限ともいえる広さの空間があり、そこに無数の天体が浮かんでいて、互いに影響し合って動いたり、自分で光ったり、年老いて壊れていくという事実が、不思議で仕方がなかった。その秘密の一端でも解明してやろう——そんな気持ちで、星空の観測を続けていたのだと思う。

小学校を卒業した直後、銀行員の父の転勤に合わせて、僕は家族と共に東京に引っ越した。東京の空は、冥加村で見るそれとは全然違っていた。いくら見上げても、肉眼ではほとんど星が見えないのだ。夜が濁っている、と僕は思った。天体観測は、泥水に落ちた宝石を目だけで探す作業のようだった。

　夜空を眺めることは諦めた。だが、宇宙に対する興味が失われたわけではなかった。やがて、興味の対象は、宇宙そのものから、宇宙に関する事柄に移っていった。

　それは端的に言えば、宇宙人や未確認飛行物体といった、「怪しい」概念に対する興味だった。関連書籍を買い漁《あさ》ったり、テレビのUFO特集番組を観たり、インターネットの宇宙人関連の掲示板を毎日チェックしたりした。海外の専門家と呼ばれる人物に電子メールを送ったこともあった。

　僕は宇宙関連のオカルトにのめり込みかけていた。だが、膨らみかけた熱情は、ある一つの出来事を境に、急速にしぼんでいった。

　ターニングポイントは、中学校一年生の秋に訪れた。

　その日は雨で、体育の授業は保健の座学になった。あまりにもその授業が退屈だったので、板書を写すのを止めて、ノートに小説を書き始めた。それは、僕が以前から空想していた宇宙人――地球から三〇光年離れた星からやってきた、四本の腕を持つ、極めて攻撃的な種族――と、地球人との戦いをテーマにした物語だった。

　脳内で繰り広げられる戦闘を文字に書き起こす作業が楽しくて、僕はあまりに夢中になりすぎた。だから、生徒から「ジャージ・デーモン」と恐れられていた体育教師が、すぐ目の前に立っていることに気づかなかった。

「星原。お前、遊んでるな」

威圧感のある声に顔を上げると同時に、僕の手からノートが取り上げられた。

「なんだこれは。説明しろ」

僕は起立させられ、有無を言わせず、自分が小説を書いていたことを白状させられた。

だが、体育教師は、それだけでは許してくれなかった。

「実に面白そうなストーリーじゃないか。最初から読んでみろ」

体育教師の目は、サディスティックな光で輝いていた。断る勇気も出せず、僕は自分が書いた星間戦争小説を、二十ページにわたって朗読する羽目になった。

それは、人生最悪の恥辱であり、同時に悲劇の序章でもあった。

授業の直後から、僕を見るクラスメイトの目が変わった。もちろん、悪い意味で。

アイツは、自分の妄想を小説にしているイタい奴だ——面と向かって言われたわけではないが、ほとんどのクラスメイトはそう思ったはずだ。

彼らの抱く嫌悪感は、クラスの中の、いわゆるリーダー格の男子生徒によって増幅された。ありていに言えば、「キモイから無視しようぜ」という号令が下ったのだ。

やがて、僕は彼らの目論見《もくろみ》通りに孤立した。

残りの二年半のことは、あまり覚えていない。ただ一つ言えるのは、二度とあの頃には戻りたくないということだけだ。

中学卒業後、僕は環境を変えるために、自宅から一時間以上掛かる男子校に進学した。その選択肢を取らなかったら、暗い青春は高校時代まで続いていたかもしれない。

一人ぼっちの日常で僕が学んだのは、「オカルトに傾倒している人間は、排除すべき異分子だと世間では認識されている」ということだ。だから、僕はあらゆるオカルトから距離を取ることを決めた。

オカルトを否定はしない。それでは、中学時代のクラスメイトと同じところまで堕《お》ちるだけだ。僕は僕なりに、超現研の先輩たちを受け入れているつもりだ。

ただし、彼らと協調して、本気で不思議の解明に挑むつもりはない。それだけは譲れない一線だった。

たぶん、自分に嘘をついて、さもやる気があるようなフリをすることは可能だろう。だが、それは逆に先輩たちを愚弄することになる。無愛想だとか、ノリが悪いと思われても構わない。僕はただ、自分の心に正直でありたいだけなのだ。


「――シュンペイ?」

ユーナに呼び掛けられ、僕は我に返った。気づくと、自転車は砂利が敷かれた簡易駐車場に停まっている。

「ああ、ごめん。考え事をしてた」

僕は照れ笑いでごまかし、荷台から降りた。

――あ、ここは……。

目の前に聳える、丸いドーム状の建物を見た瞬間、胸の奥から懐かしさがこみ上げてきた。昔と全然変わっていない。僕が子供の頃に何十回と訪れた天文台は、取り壊されることなくそのまま残されていた。

「もう、頂上に着いてたんだ……」

「シュンペイ。アレ、ミタイ、デス」

ユーナは好奇心溢れる表情で天文台を指差すと、僕を待たずに広場に続く階段を駆け上がっていった。

「……まあ、見てもなにもないけどさ」とひとりごちて、ユーナのあとを追う。

「――あれ？」

短い階段を上がりきったところで、僕は足を止めた。天文台の玄関前の広場に、見覚えのない銅像が立っていた。裸の女性が、大きな球を頭の上に両手で掲げている。どうやら、僕が冥加村から引っ越したあとに作られたものらしい。

宇宙を観測する行為は、光の粒が詰まった玉を覗き込むようなものだ――。

昔、天文台を管理するベテラン職員の人がそう言っていたのを思い出す。推察するに、あの球は宇宙全体を表しているのだろう。天文台の象徴にはふさわしいと思うが、施設が閉鎖されてしまった今となっては、物寂しさしか感じられない。世界が滅んでもなお、天体観測を続ける孤独な女性――そんな風に見えてしまう。

ユーナは立ち止まり、興味深げに銅像を観察している。

「ハダカ、デス」

「確かに、何も着てないね。ん？　この像って、もしかして……」

裸の女の人が、バランスボールみたいな大きな玉を頭の上に掲げてるの――。

月宮さんの予知夢の中に登場した、「変なオブジェ」の特徴が、この銅像にピタリと当てはまる。彼女が見たのは、目の前のこの像で間違いなさそうだ。ということは、先輩たちはいつかこの場所にやってくるということだ。先輩たちは、予知夢の内容を忠実に実行するからだ。

ただ、僕は夢に登場しなかった、と月宮さんは言っていた。ユーナにも言及しなかったから、三人の先輩たちだけで行動していたのだろう。彼らが天文台に何の用があるのかは知る由もないが、僕には関係ないと見てよさそうだ。

「一応、あっちも見ておこうか」

銅像の前を離れ、ユーナと共に天文台の玄関へと向かう。

入口のガラス扉には、天文台は閉鎖された、という旨の紙が貼られていた。開かないか試してみたが、鍵が掛かっているらしく、中に入ることはできなかった。

「……ダイジ、イシ、ナカッタ、デス」

ユーナは心底残念そうに言い、手にしていた板をブレスレットに戻して腕に装着した。

初めて見る、彼女の落ち込んだ表情に、僕は胸の高鳴りを覚えた。ユーナが困っている。悲しそうな顔をしている。なんとかしてあげたい——そんな思いが溢れてきて、僕の血の巡りを活発にさせていた。

「僕も手伝うよ。一緒に、石を探すよ」

ユーナの役に立ちたい。その気持ちが、言葉となって口を衝《つ》いた。

「シュンペイ、サガス、デスカ」とユーナが小首をかしげた。

僕は我ながら大げさかな、と思うくらい大きく頷いた。

「うん。僕も探す。だから、何を探しているのか、教えてくれないかな」

ユーナはその場にしゃがみ込み、コンクリートに積もった砂に、指で字を書いた。

〈Lu〉

それは間違いなく、僕が知っているアルファベットだった。

「……なに、これ?」

「シュンペイ、フク、アッタ、デス」とユーナは自分の左脇腹を指差した。

「服って……ああ、そっか。これは元素記号なんだ」

ユーナが言っているのは、昼間に僕が着ていた、周期表が描かれたTシャツのことだろう。元素記号は、一文字、もしくは二文字のアルファベットで表される。Luが何に該当するのか知らないが、ユーナが元素を必要としていることは分かった。

「石っていうのは、その元素を含む鉱物のこと……かな。でも、よく分かるね、どの成分が入ってるかなんて」

それだけ地学の知識があるということだろう。どうやら、ユーナは鉱物発掘のために村にやってきたようだ。冥加山には地学的に珍しい鉱物があるらしいし、ユーナが口にした「いい場所」という言葉の説明もつく。

「種類はなんとなく分かったよ。で、どのくらいの大きさの石が必要なの？」

「スコシ、デス」

ユーナは片目を閉じて、顔の前で人差し指と親指をぎりぎりまで近づける。

「ふーん。ほんのちょっとでいいんだ。……でも、そんなもの、何に使うの？」

「キカイ、デス」ユーナは空中にマッチ箱サイズの長方形を描いた。「ダイジ、キカイ、ツクル、デス」

「機械を作る……って、どうやって？」

そう尋ねると、ユーナは腕にはまったブレスレットを指差す。よく分からないが、そこに設計図が記録されているのだろうか。

いろいろと疑問は尽きなかったが、あまりしつこく尋ねると、ユーナにうざい奴だと思われてしまう。欲しがっているものを見つけてから、じっくりと作り方や使い方を教えてもらえばいい。

「分かった。少し時間は掛かるかもしれないけど、きっと見つけるよ」

「アリガトウ、シュンペイ！」

ユーナが飛び切りの笑顔で、僕の手をぎゅっと握る。

願いを引き受けるのには充分だな、と僕は思った。今の表情と、この温もりをもらえたのだ。これ以上を求めたら、明らかに取りすぎになってしまう。

僕は手の中に残ったぬくもりを心に刻み、決意も新たに天文台をあとにした。

# DAY 2

## 1

翌朝。僕は猛烈な蟬の鳴き声で目を覚ました。

枕元の時計を見ると、まだ午前七時前だ。外出から戻ってきたのが午前二時過ぎだったので、だいたい五時間ほど寝た計算になる。普段より睡眠時間は短かったが、心を満たす充実感が、目覚めをスムーズなものにしていた。

布団を抜け出して窓辺に立ち、宇宙を模した藍色のカーテンを開ける。正面に聳える冥加山は、夏の朝日を浴びて翡翠色《ひすいいろ》に輝いている。目を凝らせば、頂上付近に、天文台のドームも見える。

あそこで、ユーナと約束をしたんだよな……。

昨夜のことを考えると、一層気力がみなぎってくる。与えられたミッションを一刻も早くこなすべく、僕は携帯電話を手に取った。情報源はインターネットだ。

まず、ユーナが欲しがっている「Lu」が何の元素なのかを調べる。これは周期表を見れば一発だった。「Lu」は「ルテチウム」という名前の元素だと判明した。原子番号は71。中学、高校、大学と化学を学んできた僕が知らないのだから、かなりマニアックな元素といってよさそうだった。

入手法を詳しく調べてみると、ゼノタイムという鉱物に、わずかにルテチウムが含まれていることが分かった。そこらの河原に落ちているようなものではないが、一応通販で購入可能であるようだ。

問題は、鉱石の産地によって、ルテチウムの含有率が大きく異なることだ。マレーシア産のものには一％程度含まれるものの、中国、オーストラリア、アメリカなど、他の国から産出されるものには、その十分の一以下しか含まれていない。できればマレーシア産のものを手に入れたかったが、どの通販サイトを見ても取り扱われていなかった。

検索を続けるうちに、ルテチウムを単体として販売している会社のホームページにたどり着いた。ここで注文すれば、金や銀のように、金属そのものを買うことができるようだ。ただ、価格は一グラムで一万円とかなり高額だ。

若干迷ったが、不要になればキャンセルできるので、とりあえず注文することにした。お届け時期は数日以内とあったので、届け先の住所は冥加村の実家の方にしておく。多少時間は掛かるかもしれないが、これで約束が果たせそうだ。

気分が楽になると、腹の虫が大きな鳴き声を上げた。腹ごしらえをしておこう。僕は部屋を出て、調子よく階段を降りていく。

台所に入ってみると、テーブルには、インスタントラーメンを豪快にすする月宮さんの姿があった。

彼女はプラスチックのどんぶりから顔を上げ、にっこりと笑った。

「おはよう、星原くん！」

「おはようございます。体調はどうですか」

「さすがにあれだけ寝たからね。もう完璧だよ！」月宮さんがぐっと拳を握り締めた。

「昨日はみんなに迷惑かけちゃったし、今日は調査をバリバリ手伝うよ！」

「はは、頼もしいですね」

「宇宙ネタはあんまり詳しくないけどね」と言って、月宮さんは脂ぎったスープをおいしそうに飲み干した。「ぷふー、栄養補給終わり！　あ、そうだ。星原くん。あたしが寝ちゃってから、調査に進展はあった？」

「そうですね。動物の不審死の方は何もないんですけど、刑事さんとたまたま会って、冥加山で見つかった手首の持ち主のことを教えてもらいました」

僕は自宅前でのやり取りを月宮さんに説明した。

「ふうん……やっぱり村の人が被害者なんだ。高浦さん、だっけ。星原くんは、その人のこと、どれくらい詳しい？」

「歳が離れているので、話をしたことはほとんどないんですけど……昔、ちょっとお世話になったことがあります」

僕の脳裏に、十年以上前の光景――茜色《あかねいろ》の空と森の木々を背景に、材木に座って楽しげに話す、制服姿の高浦さんと真尋さん――が蘇る。


記憶にあるその空き地は、村の北西部、後藤田さんの牧場の前を通り越した行き止まりにあった。高速道路の高架の橋脚を建てる用地として業者が森の一部を切り拓《ひら》いたものの、高速道路は結局作られず、そのまま空き地として放置されていたものだ。

あれはたぶん八月で、僕は確か、親に怒られて家を飛び出し、ふらふらと歩き回った挙句に、そんな辺鄙な場所にたどり着いてしまったのだと思う。

心細さはあったが、僕はまだ泣いてはいなかった。だが、空き地にいた高浦さんと真尋さんが僕に気づき、はじかれたように顔を上げた瞬間、僕は幼心に、悪いことをしたのだと悟った。涙を流したのは、その罪悪感に耐え切れなかったからだ。

それから二人は、僕を優しく慰めながら、親切に家まで送ってくれた。

二人が、どうしてあんなに驚いた顔をしていたのか。その時は理由も分からず怯えていたが、今なら――ユーナに恋をしてしまった今なら――分かる気がする。

高浦さんと真尋さんはたぶん、お互いに好意を抱いていたのだろう。だが、こんな田舎で、おおっぴらに男女交際をしていれば、すぐに噂になる。だから、こっそりとあの空き地で会っていたのだ。

恋人として付き合っていたのかもしれないし、もっとプラトニックな関係で終わったのかもしれない。それを本人に確認するような、無粋な真似をするつもりはない。しかし、真尋さんは今でも高浦さんのことを好きなのではないかと思う。

だから、彼女は手首の持ち主が高浦さんだと知ってショックを受けたし、頑《かたく》なに彼の生存を信じているのだろう。

僕の話を聞き終え、「青春の一ページ、って感じだね……」と月宮さんは嘆息した。

「でも、高浦さんがいい人だってことは分かったよ。どうして事件に巻き込まれちゃったんだろうね」

「――確かに気になるな」

台所のドアがいきなり開き、髪に盛大に寝癖を付けた天川さんが姿を見せた。

「ちょっと、驚かせないでよ！　いつから聞いてたのよ」

「最前からだ。具体的に言うなら、『でも、高浦さんが～』からだ」

淡々と説明して、天川さんがテーブルに着く。

「私は、高浦氏も調査対象とすべきだと提案する」

「ってことは……」月宮さんが頭の横のお団子を撫でる。「天川は、高浦さんもキャトルミューティレーションの被害者だって考えてるの？」

「疑いを持っている。昨日の朝の刑事との会話を録音したものを聞いただろう。手首の切断面が極めて滑らかであることを、刑事たちは間接的に認めていた」

「誘導尋問だったたね」と月宮さんが頷く。

「高浦氏は人間であり、『キャトル』ミューティレーションという定義からは外れる。しかし、そもそも、どうして宇宙人が家畜を襲って肉を切り取るのか。謎を解くためには、現象をただ追い掛けるのではなく、敷衍《ふえん》することが必要だ」

「ふえん？」

意味がつかめずに僕が首をかしげると、月宮さんは目の下に手を当てて、「ふえーん」と泣き真似をした。

「違うぞ」月宮さんの愛らしい冗談を、天川さんはばっさり切り捨てた。「敷衍とは、押し広げることだ。得られている情報から、飛躍によってその裏に潜む真相を看破すべきだ、と言っている」

「……ガチで答えないでよう……」

月宮さんが本当に泣き出しそうな顔をしていたので、僕は仕方なく、天川さんの話し相手を引き受けることにした。

「ええっと、つまり……動物の不審死と高浦さんの件は、どちらも宇宙人の仕業だということですか」

「いかにも。牽強付会《けんきょうふかい》ではないはずだ」と天川さんが頷く。「私は昔から疑問に思っていた。なぜ、宇宙人は家畜の肉を切り取るのか。分かるか、星原」

「地球の生き物の情報を得るため……ですか？」

「妥当な答えだ。その仮説が正しいなら、宇宙人は動物だけで満足するだろうか。答えは否だ。地上で最も繁栄している生物である、人類を調査しない理由がない。それこそが、敷衍の結果だ」

「猫を殺し、牛を殺し、そして……とうとう人間を殺《あや》めてしまった……と」

自分で喋っていてぞっとした。

宇宙人の存在を感じたからではない。行為がエスカレートしているという事実に、殺人にまつわるセオリーを思い出したからだった。

猟奇的な殺人事件の前には予兆がある――テレビで専門家がそんなことを言っていた。快楽のために殺人を犯す人間は、自分の中で蠢《うごめ》く破壊衝動を自覚している。彼らは、最初のうちは動物を傷つけることで、なんとか自分の欲求を満たそうとする。だが、一度膨れ始めた欲望は留まるところを知らず、やがて、その刃は人間へと向けられる――そういう説だったと思う。

もし、今回の事件にそれが当てはまるとしたら……本当に高浦さんが殺されていたなら、それは連続殺人に発展するかもしれない。

「いささか妙ですね」

聞こえた渋い声に、はっと我に返る。台所に入ってきたのは日野さんだった。

「みなさんが面白そうな話をしていたので、目が覚めてしまいました」

「座れ」と天川さんが挑むような目で日野さんを見上げた。「何が妙なのか、説明してもらおう」

「一貫性ですよ」と答えて、日野さんは座る代わりにデジカメのレンズを天川さんに向けた。「猫は喉を切られていた。牛は背中の肉を切り取られていた。高浦さんは手首を切り落とされていた。『切る』という行為は一致していますが、その内容は三者三様、それぞれに大きく異なっています」

「別におかしなことではない。分析に必要な試料は、生物によって違って当然だ。切り取る量も必然的に変わってくる」

「なるほど。しかし、傷口のことはどう説明します？　猫のケースは不明ですが、牛の体に残された傷は、さほど滑らかではなかったそうですが」

「それは、発見までの時間の差異で説明が可能だ。牛の死体は、一晩にわたって道端に放置されていた。その間に、虫や動物に食い荒らされたのだ。手首にもカラスが群がっていたというが、切断されてからの時間が短かったため、幸いにも被害を受けていなかったのだと考えられる」

「ふむ。一応筋は通りますね。宇宙人犯人説、未《いま》だに健在、といった感じでしょうか」

「当たり前だ。その可能性が否定された時点で、今回の調査は打ち切りになる」

「ふーん。じゃあ、高浦さんのこと、もっと調べるってのも、一つの手かな」

ようやく復活したのか、月宮さんが会話に加わってきた。

「そうですね。もし、彼が人から恨みを買っていたとしたら、人間犯人説が濃厚になってきますから」と日野さんが頷く。

「いや、違うな。高浦氏の身の回りには、宇宙人の影がちらついているはずだ」

天川さんは自信たっぷりに言って、「星原」とこちらに目を向けた。

「高浦氏のことを詳しく知りたい。彼をよく知る人物に心当たりはあるか」

「ええっと……」

真尋さんの顔が一瞬浮かんだが、さすがに呼び出す気にはなれなかった。

となれば――。

僕は携帯電話を取り出した。今の僕が頼れる相手は一人しかいない。

「――おいーっす」

電話をしてから、約一時間後。まだ早朝にもかかわらず、浩次さんがやってきてくれた。制服姿なので勤務中なのだろう。

「すみません、こんな時間に」

「いいよ。俊ちゃんの頼みだからな。断るわけにはいかないだろ」

「じゃあ、茶の間に上がってください。皆さん揃ってますから」

「サークルの先輩たちね。にしても、面白そうな人とつるんでるねえ」

「別に、僕の意思ではありませんけど……」

「あれ、そうなの？　まあいいや。じゃ、さっそく」

浩次さんは事情を詮索することもなく、軽い足取りで廊下に上がった。

彼とともに茶の間に向かう。ユーナを含む四人のメンバーが勢揃いしている。

「空いているところに座ってください」

振り返って浩次さんに声を掛ける。が、反応がない。彼は細い目を精一杯見開いて、立ちすくんだままユーナを凝視していた。

「あの、浩次さん？　どうかしましたか」

「……え？　あ、ああ。悪い悪い。いま座るから」

取り繕うような彼の笑顔に違和感を覚えたが、浩次さんは何もなかったかのように、「よっこいしょ」と腰を下ろした。

「よく来てくれた。巡査殿」と天川さんが上から目線で労《ねぎら》いの言葉を掛ける。

「はは。昨日に会った時も思ったけどさ、君、変わった喋り方するね。安西さんをブチ切れさせたって聞いたよ。タコみたいに真っ赤になってたって」

「はて、何のことやら」と天川さんは首をかしげる。とぼけているのか、本気で忘れているのか。たぶん後者だろう。

「雑談もいいんですが、あまりお引き止めするのも悪いですし、さっそく本題に入りませんか」

そう言って、日野さんがビデオカメラを浩次さんに向けた。浩次さんはおざなりにピースサインを作って、ため息をついた。

「手首切断事件のことだよね……」

「そうです。昨日、そのタコ刑事さんに被害者の名前を伺いました。高浦伸吾さんという方だそうですね」

「……そう、伸吾さんなんだよな」と、浩次さんは自分に言い聞かせるように呟いた。

「高浦さんのことをご存じのようですね」

「小さな村だからなあ」と浩次さんは頷く。「向こうは俺より五つか六つ上だったと思うけど、顔と名前くらいは昔から知ってるよ。それに……あの人、別のことで有名になっちゃったからね」

「別のこと?」と僕は首をかしげた。

「……そっか。俊ちゃんは知らないか。いや、実はね、伸吾さんの両親は、二年前の五月に亡くなってるんだよ。車の事故で。高速道路でハンドル操作を誤って、トンネルの入口の壁にぶつかったんだってさ。しかも、運転してたのは伸吾さんの婚約者。四人で旅行に行った帰りだったんだ」

「うわあ……」と月宮さんが言葉にならない声を漏らす。気持ちはよく分かる。まったくひどい事故だ。

「大変な悲劇ですね。ご両親はお亡くなりになったということですが、その女性はどうなったのでしょう」と日野さんが冷静に質問する。

「運転席側から衝突したんだから、そりゃ、残念なことになったよ。すごく綺麗《きれい》な人だったんだけどね……。大怪我はしたけど、結局、伸吾さんが唯一生き残ったんだ。でもまあ、辛いよね、一人だけ残されるってのも。事故のせいで、あの人はすっかり変わっちゃったね。加護市でスポーツクラブのインストラクターをしてたんだけど、それを辞めて、村にある実家に戻ってきて……。情緒不安定になったっていうか、すさんだ生活をしてたみたいだね。近所でトラブルを起こしたりとか」

浩次さんの話に、僕はなんとも言えない物悲しさを感じた。久しぶりに冥加村を訪れた印象は、昔とまったく同じで、この村は平和に包まれているのだと思っていた。だが、変わらないのは風景だけで、住人には様々な出来事が起きていた。幸せな人たちが、一瞬にして不幸になる――穏やかな時間が流れるこの村でも、変化の波は常に寄せては返している。

「トラブルとおっしゃいましたが、それはどのようなものだったのでしょう」

「他人の飼い犬を蹴り殺しちゃったんだよ。鳴き声がうるさいって言ってね。事故のすぐあとくらいだったかな」

「――犬、か」天川さんの目が、眼鏡の奥で光った気がした。「飼い主のことを教えてもらおうか。直接話を聞きたい」

「まあ、いいけど」

浩次さんは天川さんが差し出したメモ用紙に、飼い主の名前と大まかな住所を書きつけた。三村《みむら》さんというらしい。僕の知らない人のようだった。

「ありがとうございます」日野さんが天川さんに代わって頭を下げる。「ちなみに、高浦さんが誰かから恨みを買っていた様子はありましたか？」

「お、刑事みたいなこと訊いちゃって。俺、警官なんだけどな」浩次さんが苦笑する。

「恨み云々《うんぬん》は、さすがに分かんないね。でもまあ、安西さんたちがそのうち調べ上げると思うけどね」

「亡くなった婚約者の両親はどうですか？　高浦さんを憎んでいるんじゃないですか」

月宮さんの問いに、浩次さんは「それはないんじゃないの」と首を振った。

「恨むどころか、仲吾さんに慰謝料を払ったって聞いてるよ。事故の責任を感じてたんだろうね。それに、向こうの両親はもうこの近くにはいないんだ。事故のすぐあとに、奥さんの実家がある北海道に移り住んでる。今回の事件には無関係だと思うけどね」

「そっか。じゃあ、容疑者がいるわけじゃないんだ……」

「今のところはね。ま、捜査の進展をお待ちください、って感じかね」

「ぜひ、頑張っていただきたいですね。――他にありますか？」

日野さんは他のメンバーから質問が出ないことを確認してから、「よく分かりました。非常に参考になりました」と浩次さんに礼を言った。

「こんなもんでいいのかな」

「ええ。お仕事中お引き止めして申し訳ありません。何か思い出したら、また教えていただけませんか」

「できる範囲でね」と答えて、浩次さんはユーナに目を向けた。「ところでさ、その外人さん、すんごくキャワイイね。君たちとはどういう関係？」

先輩たちが何かを言う前に、僕は「留学生です」と真っ赤な嘘をついた。知り合いとはいえ、浩次さんは警察関係者だ。謎の旅人です、などと答えたら、身元を確認しようとするかもしれない。

「はあ、さすがは東王大だ。海外からも学生さんを受け入れてるんだ」

浩次さんはテーブルに身を乗り出し、「お嬢さん、どうも初めまして」と握手を求めた。ユーナは「ドウモ、デス」と笑顔でそれに応じる。

「日本語は分かりますか、お嬢さん」

「あ、いや、全然です」と僕はユーナに代わって答えた。

「あれ、そうなの。残念だな。じゃあ、せっかくなんで、電話番号の交換をしましょう。来日記念ということで」

にこにこしながら携帯電話を取り出す浩次さん。

これってナンパじゃないか、と気づいた瞬間、僕の心に昏《くら》い感情が沸き上がった。

「や――」

止めてください、と立ち上がりかけたところで、月宮さんが「ダメですよ」と浩次さんの手首を摑んだ。

「ユーナちゃんの個人情報は教えられません」

「君、彼女の保護者かなにか？」

「そういうことです。手出しは無用ですよ、お巡りさん」

どうしてもダメ？　と浩次さんは食い下がるが、月宮さんは「ダメです」とそっけなく首を横に振って、僕に向かって目配せをした。

浩次さんは「仕方ないか」とため息をついて立ち上がった。

「オレ、綺麗な外国人の嫁さんをもらうのが夢なんだ」

「立派な夢です」と日野さん。「しかし、相手が悪かったですね。彼女には強力なボディガードが付いています。別の方を探してください」

「……そうするよ。じゃあ、オレはこれで」

ユーナに向かって名残惜しそうに手を振ると、浩次さんは肩を落としてすごすごと帰っていった。

## 2

調査二日目。僕たちは天川さんの提案に従って、高浦さんに飼い犬を殺された被害者――三村さんの家を最初に訪問することにした。

三村家の誰かが、愛犬の命を奪われたことを恨んで、高浦さんを殺《あや》めてしまったのでは――警察ならそう疑って話を聞きにいくのだろうが、天川さんは違う。

「高浦氏が宇宙人に操られていた可能性がある。もしそうなら、三村氏の自宅に宇宙人の痕跡が残っているやもしれん!」というのが、天川さんの主張である。いやはや、常人離れしているというか、なんというか。

ただ、どうにも強引な天川さんの提案のおかげで、高浦さんの事件を調べる流れになったことには感謝していた。高浦さんには、幼い頃に世話になった恩があるし、それに、例の脅迫状もどきのこともある。高浦さんのことを調べていくうちに、僕たちが疑われた理由が見えてくるかもしれない。

僕の実家から、徒歩で十分と少し。三村さんの家は割と近所にあった。

天川さんは左目のモニターを外し、「ここだな」と辺りを見回した。「あそこに小屋があるな。犬小屋にしてはいささか大きいが……」

「大型犬を飼っていたんですかね」

日野さんは、木の柵越しに庭を撮影している。

「それにしても浮いてるね、この家。雰囲気が他と違いすぎるよ」

月宮さんが率直な感想を口にする。頷き、「村にいた頃には、この家はありませんでしたね」と僕はコメントした。

村に建っている家は、その大半が、瓦葺《かわらぶ》きの屋根を備えた二階建て住宅だ。ところが、目の前の家は様子がずいぶん違う。丸太を積んで作った外壁に、化粧スレート葺きの赤い屋根。建物は周囲の地面より、数十センチ高く作られている。いわゆるログハウスに分類されるだろう。

「庭に不審な点はないな。住人に話を聞くぞ」

天川さんはそう言うと、木材を格子状に組んで作った扉を押し開けて、遠慮なく敷地へと足を踏み入れた。

門のところから、レンガ敷きのアプローチがまっすぐ玄関まで伸びている。玄関のドアは木製で、金色の古めかしいドアベルが取り付けてあった。住人の趣味だろう。神社の鈴を鳴らす時のように、ドアベルから伸びている紐《ひも》を揺らすと、存外に澄んだ音が響く。

しばらくするとドアが開き、四十代と思《おぼ》しき中年女性が姿を見せた。しわが寄った黄土色のTシャツに、短パンとサンダル。長い髪はあまり潤いがなく、海岸に打ち上げられた海藻みたいな感じで肩に掛かっている。彼女の顔に見覚えがなかった。僕が村を出てから引っ越してきた人のようだ。

僕たちを胡散臭《うさんくさ》そうに見ていた彼女の目が、日野さんのところでぴたりと止まる。そこですかさず、「三村さんですね？」と日野さんが尋ねる。

「そうだけど」彼女が目を逸らして髪を撫でる。日野さんのイケメンっぷりに戸惑っているようだ。「誰なの、あんたたち」

「俺たちは東王大の学生なんです。実はですね――」

日野さんはにこやかに、この村で起きている奇妙な事件について調査していることを説明した。〈キャトルミューティレーション〉という単語を出さなかったのは、余計な疑念を相手に抱かせないためだろう。

「――ということで、高浦さんのことを調べているんです。二年前に、飼われていたワンちゃんを亡くされたと伺いましたが」

「ああ、あったわね、そんなことも」

三村さんは意外なほどにあっさりと言った。

「庭に、比較的大きな犬小屋がありましたね。大型犬を飼われていたんですか」

「違うわよ。あれはヤギの小屋」

「へえ、そうなんですか。小屋の中にはヤギはいなかったようですが……」

「うちのダンナが畑に連れて行ってるの。雑草を食べさせるためにね。そのうち帰ってくると思うけど」

「ああ、なるほど。ヤギはペットではなく、家畜として飼っているのですね」

「そう。ミルクを取るためにね」三村さんは誇らしげに言う。「ウチは、自給自足をモットーにしてるから」

「それはすごいですね」

「でしょう」三村さんが、ふん、と鼻息を吹き出した。「この家の裏に田んぼがあって、そこで米を作ってるし、畑も二つあるの」

「肉類はどうされているんです？　どこかで畜養をされているとか」

日野さんが尋ねると、三村さんは顔を歪《ゆが》めて、「肉なんて食べるわけないでしょ」と言った。「あんな、体に悪いもの。毒よ、毒」

「菜食主義者ということか」と尋ねたのは天川さんだった。

「そう。ここに越してきてからは、ずっと。三年前までは東京にいたんだけど、年を追うごとに持病の喘息《ぜんそく》がひどくなってね。これはもう、空気の澄んだ土地に移るしかないと思って、この村に来たわけ。知り合いが土地を持ってて、二束三文で譲ってくれるって言うから。アレルギーが収まるって聞いて、引っ越しと同時に、肉を食べるのも止めたの。おかげで今は健康そのもの」

「なるほど、よく分かりました。それで、飼っていた犬のことなんですが、……辛い記憶を呼び覚ますようで恐縮ですが、その当時のことを、お伺いしても？」

「構わないわよ。あの犬は、さっき言った知り合いが飼ってた子でね。ウチは預かっていただけだから。特に愛着はなかったの」

乾いた口調で言って、三村さんは事件について語り始めた。

トラブルが起きたのは、二年前の七月——高浦さんの両親と交際相手が事故死した、およそ二カ月後のことだったという。

深夜、三村さんは犬が激しく吠《ほ》える声と、男性の怒号を聞いた。驚いて庭に出てみると、高浦さんがまさに犬を蹴飛ばしているところに出くわした。犬は三歳の柴犬で、よほど強く蹴られたのか、首の骨が折れていて、ほぼ即死状態だったそうだ。

高浦さんは家から出てきた三村さんに気づき、慌ててその場から逃げ出した。しかし、彼女は高浦さんの顔をしっかり目撃していた。速やかに警察に連絡し、高浦さんは翌日、警察へと連行された。罪状は器物損壊罪で、彼は損害賠償に応じ、本来の飼い主に二十万円を支払ったそうだ。ただし、言葉による謝罪はなかったとのこと。

高浦さんは警察に、「通り掛かったら吠えられたので、カッとなって蹴飛ばしてしまった」と語ったらしい。当夜、彼はかなり酔っ払っていたという。村に唯一ある居酒屋でしこたま飲んで、自宅に帰る途中だったようだ。

三村さんの話を聞き終え、「そのトラブルで、警察に指紋を取られたんだね」と月宮さんが隣で囁《ささや》いた。なるほど。だから、警察は手首の持ち主が高浦さんだとすぐに断定できたわけだ。

日野さんは、死んだ犬の冥福を祈るとかなんとか言って、「ちなみに、他に高浦さんが事件を起こしたことはあったのでしょうか」とさりげなく質問した。

「さあ、あたしは知らないけど」

「宇宙人の存在を匂わしてはいなかったか」

天川さんがエキセントリックすぎる質問をぶつける。三村さんは一瞬、「はあ?」と眉間にしわを寄せたが、「ああ、そういえば」と手を打った。

「宇宙人と関係あるかどうか分かんないけど、あの人が変なセミナーに通ってるって、噂で聞いた気もする」

「セミナー? それは、どういうものなのだ」

「詳しくは知らないけど、一年くらい前に村に越してきた人が、無料で講演会みたいなものを開いてるんだって。心の救済がどうとか、そういう、カウンセリングっぽいやつ。どう? 胡散臭いでしょ」

ふむ、と天川さんが顎に手を当てた。

「その主催者のことを教えてもらおう」

面識はないけど、と前置きして、三村さんはその人物のざっくりとした住所を教えてくれた。村の東側に一人で住んでいるらしい。

天川さんは得心したように頷き、こう呟いた。

「——そいつが、宇宙人なのかもしれんな」

宇宙人の尻尾を摑んだ——のかどうかは定かではないが、天川さんの強い希望もあり、高浦さんが参加していたという、謎のセミナーの主催者を訪問することになった。

朝、家を出発した時は晴れていたが、時間経過と共に雲が増えてきている。ただ、太陽の光は遮られがちでも、気温の上昇速度はいつも通りで、すぐに背中に汗が滲んでくることに変わりはない。涼しい顔をしているのはユーナくらいのものだ。今日もポニーテールが元気よく揺れている。

考えてみれば、出会ってからまだ一度も、彼女が暑そうにしているところを見たことがない。よほど暑い国の出身なのだろうか。だが、それにしては肌が白すぎる気もする。

その時、僕はふと、子供の頃にオカルト雑誌で読んだ未来技術の話を思い出した。

仮に何かのきっかけで気候が激変し、地球が平均気温五〇℃を超える灼熱《しゃくねつ》の大地になったとしても、熱耐性を高めるナノマシンを体内に取り入れることで、人は今と同じ暮らしを送ることができるのだという。

ユーナが宇宙人で、遥かに科学技術が発展した星からやってきたのなら、様々な環境に適応できるように対策を講じているはずだ。暑さ寒さには強くて当たり前だ。いよいよ、これは本物の……。

いやいや、こじつけがすぎるだろう。自分を戒めるように首を振りながら歩いていると、ふいに一枚のチラシが目に止まった。

「……あれ。これって、もしかして」

公民館の前に設けられた掲示板、〈冥加村・絵本読み聞かせの会〉の隣に貼られたそのチラシには、「あなたのお悩みお聞かせください」と書かれていた。

「おお、ナイスな発見です、星原くん」日野さんが素早くビデオカメラを向ける。「どうやら、これが噂のセミナーらしいですね。土曜日の夜に、ちょっとした集会が開かれているようです。この場所に行けば、主催者に会えるんじゃないですか」

「ふむ。この人物が主催者であるようだ」

天川さんが指差す先には、〈斗南一人《となんかずと》〉という、芸名っぽい名前が書いてあった。

「いったい、どんな話をするのかな」

興味を惹かれたのか、月宮さんは熱心にチラシを読んでいる。

掲載されている地図によると、斗南なる人物は、村の東の端、森との境界のすぐ手前に居を構えているようだ。村の東側には墓地が広がっており、そこから先にはほとんど人が住んでいない。土地の余っているこの村で、わざわざ墓の近くを選ぶとは。どうやら、斗南氏はなかなかの物好きらしい。

僕たちは村の中央付近にある、コンビニエンスストア〈セブンスヘブン〉のところで、東に進路を取った。

冥加村は森を切り拓いて作られた集落で、居住可能なエリアは、東西を長軸とする楕円形をしている。居住区の南端は加護市へと繋がる国道に接しており、僕の実家は北端に、西端には神社が位置している。

田園風景の中をしばらく進んでいくうち、ただでさえまばらだった人家が完全に絶えてしまう。もちろん人通りは皆無である。昼でこの寂しさ。夜になったらどうなることやら、という感じだ。「霊が撮影できそうです！」と日野さんは喜ぶだろう。

左右に田畑を従えたまっすぐな道を行くと、冥加山から流れてくる宮守川《みやもりがわ》に掛かる橋に着く。この辺はまだ上流なので、川幅は十メートルもない。

コンクリート製の橋を渡り、たもとにある大きな松の木の脇を行きすぎると、やがて、林立する墓石が見えてきた。詳しいことは分からないが、こうして川の向うに墓地を作ったのには、何か宗教的な意味があるのではないだろうか。穢《けが》れを遠ざけるというか、川を、生者と死者の世界を分ける境界と見なしているのかもしれない。

墓地を抜けると、そこから先はもう、畑ではなくただの空き地が広がっている。

会話もないまま、ひと気のない道をひたすら東進していくと、無尽蔵に自分の領地を広げようとしている背の高い雑草の向こうに、一件の民家が姿を現した。

敷地の周囲に、フェンスの類はない。純白の玉砂利が敷かれた庭には、いくつかのオブジェが無造作に置かれている。立方体をランダムに積み重ねて作られた塔、両手に盾を持った女神、首から上がない天使、腕と足と頭部だけが骨になった人間……統一性はないが、独特の雰囲気を持っていることは分かる。

家は平屋で、横に長い。外壁は真っ白で、窓には紫色のカーテンが引かれている。台形状の屋根の左右の端には、名古屋城のシャチホコと沖縄のシーサーを足して二で割ったような獣の像が飾られている。

一風変わった建築様式に、「オモシロイ、デス！」とユーナは驚きの声を上げた。

「まさに宇宙人的佇まいだ。行くぞ！」

天川さんが鼻息荒く一歩を踏み出した時、ふいに玄関ドアが開き、中から長いあごひげを生やした男性が姿を見せた。

魔術師のような長い紫色のローブに、イエス・キリストを思わせる長い髪。面長で鼻が高く、澄んだ瞳をしている。世捨て人のような格好だが、肌ツヤからするとまだ若そうだ。せいぜい三十歳くらいだろう。

僕たちをざっと見回し、男性は微笑みを浮かべた。

「やあ、ようこそ。僕が斗南一人です。……君たち、セミナーを聞きに来たわけじゃないみたいだね。今日は開催日じゃないし、時刻も違う」

「左様。我々は全員、東王大学の学生だ。私は天川。超常現象研究会というサークルを主宰している」

「超常現象か。いいね、そういうの。僕の能力を調べに来たの？」

能力、という単語に、「えっ！」と月宮さんが鋭く反応した。「ど、どんな能力をお持ちなんですか」

「簡単には明かせないなあ。気になるなら、二人っきりでじっくり教えてあげるけど」

天川さんが月宮さんを守るように手を広げた。

「その必要はない。今回は超能力の調査ではない」

「おや、それは残念」

そこで日野さんが前に出て、「どうも」と如才なく斗南さんと握手を交わした。

「俺たちは、キャトルミューティレーションについて調査しているんですが、その過程で、高浦伸吾さんの名前が出てきましてね。あなたのところでセミナーを受けていたとお聞きしたので、こうしてお伺いした次第なんですが」

「へえ、キャトルミューティレーション」斗南さんが余裕を漂わせた笑みを浮かべる。

「高浦さんのことはよく知ってるよ。よかったら、中で話すかい」

「いいえ、お邪魔でしょうし、こちらで結構です」

「日野。遠慮をすることはない」

天川さんが挑むような視線を斗南さんに向けた。

「――虎穴に入らずんば虎児を得ず。貴君の正体、見極めさせてもらう！」

堂々と言い放って、天川さんはためらう素振りもなく、敢然と斗南さんの家に入っていった。月宮さんも日野さんもそれに続く。

「シュンペイ、イキマス」

すぐ後ろにいたユーナが、僕を軽やかに追い越していく。彼女の瞳は好奇心で光り輝いていた。中を見たくて仕方ないといった様子だ。

「……ああ、行くよ」

本当に大丈夫なのだろうか。僕は一抹の不安と共に、沓脱《くつぬ》ぎに足を踏み入れた。

## 3

斗南さんの家の中は、漢方薬に似た匂いで満たされていた。どこかで香を焚《た》いているらしい。

慣れない匂いに戸惑いつつ、靴を脱いで廊下に上がる。板張りの廊下はよく磨かれていて、右手にずらりと障子が並んでいた。広い和室があるようだ。

「撮影をしても構いませんか」

日野さんが腰のポーチからビデオカメラを取り出す。

「もちろん。君には勝てないだろうけど、男前に撮ってほしいね」

斗南さんは軽口を飛ばしながら廊下を進み、最奥のドアの前でくるりと振り返った。

「ここは書斎だよ。大切な来客をもてなす部屋……という設定。実際には、誰でもここに通してるんだけどね。ということで、どうぞどうぞ」

斗南さんが重厚なドアを開ける。

部屋は十五畳ほどの広さで、南向きの窓には紫色のカーテンが引かれている。左右の壁沿いに本棚が並んでおり、部屋の真ん中付近には、向かい合わせに二脚のソファーが置かれていた。

天川さんが、先陣を切ってソファーの中央に腰を下ろす。月宮さんがその右隣に、僕は左隣に座った。ユーナは僕の隣に腰を落ち着ける。詰めればまだ座れそうだったが、

「俺はここでいいです」と日野さんはドアにもたれて、撮影を続けている。

斗南さんは天川さんの真向かいに腰を落ち着けると、「さて、どうして君たちが高浦さんのことを調べてるのか。まずはその事情を聞かせてもらいたいね」と切り出した。

「眼鏡くんがリーダーみたいだから、君から説明してくれるかな」

「あの、この人、ちょっと喋り方が……」

気を利かせて月宮さんが口を挟んだが、斗南さんは「いいよ別に、気にしないから」と言って、ソファーに背中を預けた。

「いいだろう」と頷き、天川さんはわずかに身を乗り出した。「昨日、冥加山で人間の手首が発見された。その件についてご存じか」

「ああ、聞いたよ。セミナーの参加者の何人かが、メールで知らせてくれたんだ。崖の下に手首が捨てられてたんでしょ」

「被害者の素性についてはどうか」

「いや、それはまだ聞いてないね。もう判明してるの？」

「そうだ」焦《じ》らすように少し間を空けて、天川さんは言った。「警察によって、高浦伸吾氏の左手首であることが明らかにされた」

「へえ」と、斗南さんは口を少し尖《とが》らせた。「そこで彼の名前が出てくるわけか」

「貴君と高浦氏には面識があるのだな」

「ああ、よーく知ってるよ。僕のところのセミナーに顔を出してたし、ここで個人的にカウンセリングを施したこともある。彼は、かなり参ってるみたいだったからね。藁にもすがる思いで僕を頼ったんだろうな」

「カウンセリングとは、どういうものか」

「興味があるかい？　なら、ちょっと待ってて」

斗南さんはソファーから立ち上がり、窓際にあるサイドボードの引き出しから、一枚の紙を持って戻ってきた。

「これは、高浦さんが書いた詩だよ。タイトルは、〈八月のエトランゼ〉」

退屈の切れ端の八月に
エトランゼの君と出会った
それは新たな永遠の始まり
君はまるで宇宙人のように
僕の心を連れ去る笑顔を浮かべる

「むっ」と天川さんが目を見張る。どうやら、「宇宙人」という単語に反応したらしい。

「なかなか興味深い詩だ。エトランゼとはどういう意味だ」

「フランス語で『異邦人』って意味だよ」と、語学堪能《たんのう》な月宮さんが即座に答えた。

「でも、なんていうか、こう、背中がむずがゆくなりますね。読んでるこっちが恥ずかしいです」

「まあね。でも、これを書くことがカウンセリングなんだ。気取った言葉を使うことで、心にあるものを素直に表に出してもらう、ってコンセプト」

「高浦氏との交流は、いつから始まったのだ」

「初めてウチのセミナーに参加したのが、去年の十二月。セミナーは毎週土日に開催するんだけど、初回以降、彼は毎週欠かさず顔を出していたよ。ただし、今年の四月二十七日が最後で、それ以降は一度も会ってない」

「教えてほしいんですけど」と、月宮さんが手を挙げた。「セミナーとカウンセリングは別物なんですか」

「カウンセリングは一対一での問題抽出。セミナーでは、僕が得た天啓を、分かりやすい言葉に変換して、複数の参加者に伝えてるよ。僕はね、新しい宗教の創始者になろうと思っているんだ。そこに並んでる本を見てごらんよ。古今東西の宗教関連の書籍が揃ってるよ。まあ、この前泥棒に入られたせいで、抜けができちゃってるけどさ」

天川さんは「拝見させてもらおう」と立ち上がり、本棚を見に行った。

天井近くまである大きな本棚には、斗南さんが言う「抜け」の部分を除き、分厚い背表紙がずらりと詰め込まれている。

おや、と僕は本棚の中段辺りに目を留めた。そこに、子供の頭ほどの大きさの石が並んでいた。ただの石ではない。全体が銀色に光っているものもあれば、ルビーのような赤い結晶が表面から突き出ているものもある。僕は自然と、早朝にインターネットで見た、いくつかの鉱石を思い出していた。

「その目立たない君。石に興味があるのかな」

いきなり声を掛けられ、僕は慌てて顔を正面に戻した。斗南さんは膝の上で手を組み合わせ、楽しそうにこちらを見ていた。

「いえ、あの……ちょっと気になって。あれはどういうものなんですか」

「銀色のやつは方鉛鉱。鉛と銀が含まれてる。赤いやつは鶏冠石。あの赤は砒素化合物《ひそ》の色なんだってさ。儀式に使えるかと思って、知り合いから譲ってもらったものだよ」

へえ、と相槌《あいづち》を打ち、僕は隣に座るユーナをちらりと見た。彼女は本棚ではなく、テーブルの上の、藍色をした灰皿を食い入るように見つめていた。

斗南さんに相談すれば、ユーナが欲しがっている、ルテチウムを含む鉱物も手に入るだろうか。しかし、初対面の相手で、しかも、自ら宗教家を標榜《ひょうぼう》する人に頼むのは、さすがに気が引ける。

「ちょっといいですか」日野さんがカメラのレンズを本棚から斗南さんに向ける。「先ほど、泥棒に入られたとおっしゃってましたが」

「そうそう。今年の……四月二十一日だったかな。その日は日曜日で、特別セミナーを加護市でやったんだけど、翌朝家に帰ってみたら、書斎の窓ガラスが割られてて、本棚から本が消えてたんだ」

「被害はそれだけですか」

「うん。他には何も。ちなみに警察には届けてないよ。彼らは僕をマークしてるみたいだからね。痛くもない腹を探られたらたまらないから」

「消えていたのはどのような本でしょう」

「錬金術関連の本だよ。ホムンクルスの製造法が詳しく解説されているんだ」

「ホムンクルスって……人造人間のことですか」

僕の問い掛けに、「まあ、同じくくりだよね」と斗南さんは頷いた。

「ホムンクルスっていうのは、ルネサンス期の錬金術師、パラケルススが生成に成功したと言われる、ヒトの形をした生き物のことだよ。それ以降、彼の書き残した製造法を自己流にアレンジしたものが数多く生み出されてね。盗まれたのは、それらをまとめた本なんだ」

「……ちなみに、なんですけど。それらの製造法は本物なんですか」

「製造法を開発した人たちは、口を揃えて言ってるね。『私は、ホムンクルスの生成に成功した』ってね。僕に言えるのはそれだけだよ。試してないからね」

「貴重な本なんですか？」

「まあまあだね。現代になって書かれたものだし、そんなに高額でもないけど、絶版になってるから、本屋ではまず入手不可能。ネットオークションで探すしかないけど、マニアはそう簡単には手放さないからね。多少のお金と、かなりの根気が必要かな」

そこで月宮さんが「あの！」とまた手を挙げた。

「なにかな、お団子頭のお嬢さん」

「宗教をやろうとしているというお話ですけど、超能力について、どう思われますか。……たとえば、予知夢とか」

月宮さんは真剣な表情をしていた。世間話などではない、本気の質問なのだろう。

彼女にとって、予知夢というのは「能力」ではなく、むしろ「体質」に近いものらしい。自分の意志で発動できるわけではないからだ。コントロールできるようになりたい。そのために、もっと予知能力のことを知りたいの——。以前、月宮さんはそう話していた。髪を頭の横で団子状にまとめているのも、髪の毛を引っ張ることで頭皮を刺激し、予知夢を誘発するためなのだという。

「二つの考え方がある」と言って、斗南さんは指を二本立ててみせた。「一つは、何らかの兆候を敏感に察知し、本当に未来を予測している、という考え方。もう一つは後付け。たくさん予知をしておいて、実現したものと無理やり関連付ける」

「すべて、後者の考え方で解釈できますか？」

「予知能力者に会ったことはないから、今のところは現実的な解釈を優先するね。でも、僕はどっちもありうると思ってるよ。きちんと信用させてくれれば、超能力を信じてもいいと思っている」

「……信用って、どういう意味ですか？」

「相手の言い分をそのまま受け入れること。信じる力は最強だからね。全世界の人間が、『超能力は実在する』と信じたら、超能力は『ある』ことになるでしょ。いま世界を支配しているのは人間だからさ」

「ガリレオ・ガリレイが蛮勇を振るわなければ――」本棚を見て回っていた天川さんが戻ってきた。「今でも地球は宇宙の中心だった。そういうことだ」

「さすがはサークルのトップ。よく分かっているようだね」

「本棚をひと通り見た。宗教家になりたいというのは、事実のようだな」

「そうでしょ。世界のあらゆる宗教の教義書と、関連書籍。神話の本もかなりあるね。魔術関係の本も入ってる。ネットオークションで手に入れたものが大半だけどね。海外に探しに行くよりはずっと安上がりだから」

「――宗教で、精神的に人類を支配するつもりなのか」

調子よく喋っていた斗南さんが、「え?」と目を丸くした。

「とぼけても無駄だ! 貴君は宇宙人なのだろう!」

天川さんの唐突な指摘に、斗南さんは「いやいや」と苦笑した。

「僕はれっきとした人間だよ。『まるで宇宙人みたいに変わってますね』って言われたことはあるけどね」

「……あくまで白を切るつもりか」

「本当のことしか喋ってないってば。っていうか、どうして僕が宇宙人ってことになるの? 別に、触手が生えてるわけじゃないよね」

「動かぬ証拠がここにある」天川さんはポケットから、携帯電話と同じサイズの、つるりとした黒い装置を取り出した。「これは宇宙人判別器だ。液晶に表示される数値で、宇宙人であるかどうかを判別できる」

「へえ、それ、どこで手に入れたの」

「ロシアのUFO研究者、モモノセク・ハラショー氏が運営するウェブサイトで購入した。宇宙人の体から放たれる微妙な電波を感知できる優れものだ」

天川さんはどこまでも真剣で、とてもじゃないが、「たぶんそれ、騙《だま》されてますよ」と教えてあげられる空気ではなかった。

「貴君と会った瞬間から、ずっと数値が閾値《いきち》を上回っているのだ」

「ああ、それはたぶん、隕石のせいだね」と言って、斗南さんは胸元からネックレスを取り出した。細い銀色の鎖の先で、パチンコ玉サイズの黒い石が鈍く光っている。

怪訝な表情でネックレスを受け取り、宇宙人判別器と隕石を何度も近づけたり離したりしてから、「……どうやらそのようだ」と天川さんは嘆息した。

「よかった。地球人だと分かってもらえたみたいで」

「異星人ではないようですが――」と日野さんが質問役に回る。「あなたの来歴には多少気になるところもありますね。一年ほど前に冥加村にいらしたと伺いましたが、生まれついての宗教家だったのですか？」

「そうであればカッコいいんだけど、違うんだ。両親は公務員だし、普通の学校に行って、普通に就職したよ。勤めてたのは、金融系の会社」

「まったく宗教と関係ないですね。どういうきっかけで冥加村に？」

「うん。ある日、仕事中に白昼夢を見てね。僕はどこかの広場にいるんだ。かなり広い。野球場くらいはあった。僕は壇上に立っていて、マイクを片手に、集まった群衆に話し掛けてる。彼らは信者なんだ。僕は調子よく喋りながら、恍惚《こうこつ》に浸ってるんだ。麻薬をやったら、あんな感じになるんじゃないかな。その強烈な快感に、僕はこの上ない満足感を覚えてたんだけど、停電みたいに、いきなり周囲が真っ暗になってね。はっと目を覚まして、慌てて周りを見回したら、みんなパソコンのモニターの前で、必死な顔でキーボードを叩いてる。バカじゃないかと思ったね。で、決めたんだ。仕事を辞めて、宗教を始めようって。その第一歩として、僕はこの村にやってきた。理由は大したことはないよ。床に日本地図を広げて、目をつぶって、えいっと気合いを入れて水晶の破片を投げて、落ちたところがたまたま冥加村だった、ってだけ」

へえ、と月宮さんが得心したように頷く。

「なかなか波瀾万丈《はらんばんじょう》な人生ですね」

「でしょ？　尊敬してもらっていいよ、お団子頭の彼女」斗南さんは白い歯を見せた。

「せっかくだし、こっちからも質問させてもらおうかな。君たちは、キャトルミューテイレーションを調べていると言ったね。もしかして、インターネットの掲示板の書き込みを見て、この村に来たんじゃないかな」

「……そういうことか」天川さんが、眼鏡の奥で目をしばたたかせた。「あれは貴君の書き込みだったのだな」

「察しがいいね。そう、僕が〈新時代の神候補〉だよ。あのオカルトサイトにはしょっちゅう入り浸っていてね。面白そうな出来事が身近で起こっていたから、書き込んでみたんだ。君、僕に質問した人なんじゃないの」

「いかにも。貴君がキャトルミューティレーションを起こしたのか」

「いや、違うよ。僕はむしろ、血とか内臓とかは苦手なタイプ。あの事件は、この村に住んでいる誰かが犯人なんだと思うよ。逆に尋ねるけど、眼鏡くんの意見はどうなのさ。宇宙人がやったことだと思ってるわけ？」

「無論だ。我々は、宇宙人の痕跡を追い求めている」

「ふむ。やっぱり面白いね、君。よかったら、僕とここで宗教をやらないかい。今なら副代表になれるぜ」

「遠慮する。私はユダになるだろう」

「そりゃダメだ。イケメンくんはどう？」

「人の上に立つのは性に合いませんね」

「じゃあ、そっちのお団子頭の彼女は？」

「あたしは……偉い人より……その、可愛いお嫁さんになりたいです」

月宮さんはうつむきがちにそう答えた。耳が赤くなっている。頭で想像している「お婿さん」は、きっとあの人だろう。

「うん、それはいいね。邪魔はしないよ。えっと……」

斗南さんは僕に目を留め、「君は、そういうタイプじゃないね」とすぐに首を振った。

「隣の外人さんは……」

ユーナが笑顔で「ン？」と自分の顔を指差す。すると斗南さんは急に真顔になって、

「やめておこう」と目を伏せた。

「え、どうしてですか」と月宮さんが不思議そうに尋ねる。

「君は気づいてないみたいだけど、この子は只者《ただもの》じゃない。僕は人を見る目には自信がある。どんな生活を送っているか、どういう主義を持っているのか、何が好きで何が嫌いなのか——顔を見ただけで、いろんなことが分かる。だけど、彼女は違う。何も見えない。まるで真っ白なキャンバスだ。それに、彼女はあまりに完璧な容貌を持ちすぎている。こんな子を仲間にしたら、僕がナンバー2にならなきゃ収まらなくなるよ」

斗南さんはそう言って、お手上げのポーズを取った。

「勧誘はもうよかろう」天川さんがぴしゃりと言った。「他に、キャトルミューティレーションについて、情報はあるか」

「知ってることは全部話したけど、気づいたことがあれば連絡するよ。君たち、どこに宿を取ってるの？　今日で調査を打ち切るってわけじゃないよね」

「あ、僕の実家に泊まってます」

僕が住所を告げると、斗南さんは、「あの辺ね」と頷いた。「了解。用があれば訪ねて行くよ。調査が終わったら、帰る前にセミナーに参加してみてよ」

「期待はしない方がいい」と答えて、天川さんはソファーから立ち上がる。さっさと書斎を出て行く彼に代わって、日野さんと月宮さんが突然の訪問を詫びた。

先輩たちに続いて書斎をあとにしようとしたところで、「そこの地味な君、ちょっと待って」と斗南さんが僕を呼び止めた。

隣にいたユーナを先に行かせて、「なんでしょうか」と僕は振り返った。

「さっき石を見てた時さ、何か言おうとしてなかった？」

「あ、いえ、それは……」

「隠さずに話してよ。気に入ったんなら、譲ってあげてもいいよ」

「そうじゃないんです。実は……」

ダメで元々と思い、ルテチウムを含む鉱石を探していることを斗南さんに伝えた。すると彼は「マニアックだね」と笑った。

「一応、付き合いのある専門家に訊いてみるよ。あんまり期待しないで待っててよ」

「すみません。よろしくお願いします。……じゃあ、僕はこれで」

「あ、ついでにもう一つ。これはアドバイスだけど」と言って、斗南さんが僕の肩に手を置く。「君は、もっと自分に素直になった方がいい。自己の抑圧は創造力の欠如にしかならないよ。『そうぞう』は、創る方の『そうぞう』ね」

「……斗南さんの目には、僕が自分を偽っているように見えたんですか」

「ああ。蛍光灯の傘の裏を見せられてる気分だよ。世間に表側を向ければ、もっと輝けると思うんだけどね」

「でも、僕は僕なりに、自分が正しいと思う生き方を選んでいるつもりです。その結果として、周囲に埋没したとしても、それは仕方ないんじゃないかと……」

「本当に、そう思ってるのかい？」

斗南さんは、物分かりの悪い生徒を諭す教師のような苦笑を浮かべていた。

「いいかい。何が正しいかなんて、誰にも分からないし、誰にも決められない。君は、これまでの人生で聞きかじった『常識人』という虚像を見ている。人はもっと自由でいい。自分のやりたいことをやればいいんだ。原始時代は生きていくので精一杯だっただろうけど、今はこれだけ文明が進歩したんだ。昔よりはずっと楽に生きられる。自由になれる時間がたっぷり用意されていて、やれることの選択肢は無限に広がっている。だから、好きな道を選べばいいんだ」

「……それは」

斗南さんの言葉は、不思議なくらい心に響いた。ありとあらゆる思考を見透かされているような、そんな感覚が言葉の端々から染み込んでくる。

その時、書斎のドアが開いた。「シュンペイ？」廊下から、ユーナの顔が覗く。僕を心配して戻ってきてくれたらしい。

「おっと、カノジョのお出ましか。潮時みたいだね。じゃあ、またいつか」

「……失礼します」

僕は彼に一礼して、書斎をあとにした。

――自分に素直になった方がいい。自己の抑圧は創造力の欠如にしかならない。

軽い調子で言われたはずなのに、斗南さんの言葉は、しばらく経っても頭から消えずに残っていた。

## 4

斗南さんの自宅を出ると、午前十一時を過ぎていた。

額に噴き出てきた汗を、手の甲で拭う。頭上を覆いかけていた雲は、陽光を招じ入れるかのように真っ二つに分かれている。

こうして外にいると、年々日光が強さを増しているように感じられる。太陽が天体としての年齢を重ねれば、いずれ地球は生命の住めない星になるだろうが、僕たちが考えているより、それはずっと近い将来のことなんじゃないか、と不安になる。

先輩たちの合議の結果、昼食をとりながら今後の作戦会議を行うことが決まり、いったん僕の家に帰ることになった。

セブンスヘブンの前を通り掛かった時、「ねえ、天川。そろそろ食べ物、買っておいた方がいいんじゃない」と、月宮さんが足を止めた。

「そうだな。加護市まで買いに出るのは面倒だ。買えるものは買っておくか」

店に入ろうとしたところで、ユーナが「シュンペイ」と僕を呼び止めた。彼女は出入口の自動ドアの上に掲げられた、セブンスヘブンの看板を指差していた。

「ココ、ナンデスカ?」

「いろんなものを売っている店だよ。君の国には、こういうお店はないの?」

そう尋ねると、ユーナは「ナイ、デス」と首を振った。

店がない? そんな馬鹿な、と口走りそうになる。商店の類すら存在しないような場所が、この地球上にどれほどあるというのか。考えつく場所は、砂漠やジャングルや高山や凍土のような、未踏の地ばかりだった。

また一つ、不自然な点が増えてしまった。宇宙人、というフレーズが、追い出しても追い出しても、また頭に侵入してくる。

冷静になれ、と僕は自分に言い聞かせる。ユーナはものすごい田舎から来たのだ。それでいいじゃないか。余計な妄想に囚われるべきじゃない。

僕は軽く咳払いをしてから、「入ってみようか」と、ユーナを連れて入店した。

先輩たちの姿を探すと、三人はスイーツコーナーに固まって、何かを議論し合っている。どうやら、どのデザートを買うかで揉《も》めているらしい。天川さんはプリン、日野さんはゼリー、月宮さんはヨーグルトと、見事にバラバラである。

これは、うかつに関わらない方がよさそうだ。先輩たちから距離を取るように、奥の雑誌コーナーへと避難する。

「あれ……あの人って」

くすんだ青色の作務衣に、もずくを連想させる長い黒髪。一心に立ち読みをしている男性の後ろ姿には見覚えがあった。

横から覗き込んでみると、男性がこちらに気づき、「あっ」と雑誌を閉じた。予想通り、そこにいたのは神社で会った鍋島さんだった。

「こんにちは」「コンチニハ」

図らずも、僕とユーナの声がシンクロする。

「昨日は、どうもありがとうございました」

「い、いや、いいんだよ」

鍋島さんは慌てた様子で、手にしていた雑誌を背中に隠した。ちらりと見えてしまったが、彼はどうやら、成人向けのグラビア誌を見ていたらしい。

僕は取り繕うように、「お買いものですか？」と尋ねた。鍋島さんは、レジにいる店員を気にしながら、「……いや、ちょっと、涼みに」と声を潜めた。

「エアコンの故障とかですか」

「……いや、うちには冷房はないんだ。妻が、そういう、人工的な温度調節を嫌がっててね。だから、涼みたい時はこうしてコンビニに来るんだ」

「そうなんですか。……あの、なんだか顔色悪いですよ。夏バテじゃないですか」

「……そうかもしれない。ずっと肉を食べてないんだ。野菜ばっかりで」

どこかで聞いた話だなと思いつつ、「ダイエットですか」と僕は尋ねた。

「……妻がアレルギー体質なんだ。僕が肉を食べたと知ったら、無茶苦茶に怒るよ。向こうが家計を管理してるから、こっそり買い食いすることもできないし……」

鍋島さんが力なく笑った時だった。出入口のチャイムが来店者の存在を告げたかと思うと、「またこんなところに！」と怒号が僕の背中にぶつかってきた。

なんだなんだと振り返ると、すぐ後ろで、薄い眉毛を吊《つ》り上げた女性が肩を怒らせていた。つい二時間ほど前に会ったばかりのベジタリアン——三村さんだ。

「き、君。これは違うんだ」と、露骨に怯えた様子で鍋島さんが後ずさる。

「何が違うっていうの」

三村さんはつかつかと鍋島さんに詰め寄ると、問答無用とばかりに、平手で彼の頭を強くはたいた。

「冷房は体に悪いって、何回も言ったでしょ。なんで言うこと聞かないの」

「だから、これは違うんだよ。ちょっと読みたい本があって……」

言いかけて、鍋島さんは自分が背中に雑誌を隠したままであることに気づく。

三村さんは無言で雑誌を奪い取ると、いやに肌色の割合が多い誌面をぱらぱらとめくって、「へえ、こういうのが読みたかったの」と、冷笑を浮かべた。

男として最悪の状況に追い込まれた鍋島さん。しかし、どうして三村さんはあんなに激怒しているのか。

「えっと、お二人は、どういうご関係で？」と僕は控えめに二人の間に割って入った。

「この人、あたしの旦那」と、三村さんが鍋島さんの方に顎をしゃくる。なるほど、夫婦別姓ということか。

「どうしようもない人なの。まったく、面倒ばっかりかけて」

三村さんは鍋島さんの首根っこをぐいと摑むと、「帰ったら、どうなるか分かってるだろうね」と脅迫めいた言葉を掛けつつ、夫を引きずりながら店を出て行った。

「……アレ、タタカイ、デス？」

ユーナが僕の隣で不思議そうに呟いた。

「戦いっていうか、ケンカっていうか、しつけっていうか……」

気弱な夫と気丈な妻という組み合わせは、さほど珍しくはない。うちの両親だって似たようなものだ。しかし、あの二人は極端すぎる。夫婦というより、飼い主とペットのような、明確な主従関係が露骨に透けていた。その良し悪しはともかく、見ていてあまり気分のいいものではないことは確かだ。

「まあ、関わらない方がいいよ」と苦笑して、僕はスイーツコーナーに目を向けた。今の騒ぎにもかかわらず、先輩たちはまだ議論を続けていた。

超常現象研究会というより甘味比較研究会の様相を呈してきたな、と僕は嘆息した。


調査はもちろん午後も行われた。これまでと同じように徒歩で村の中を歩き、目についた家で話を聞いて回っていく。

質問のポイントは二つ。動物の不審死について知っているかどうか。そして、高浦さんの行動に怪しい点はなかったか——すなわち、宇宙人の関与を匂わすような異常があったかどうか、である。

実際に話を聞いてみて分かったのは、すでに警察がほとんどの家を訪れているということだった。そのため、高浦さんの手首が冥加山で見つかったことを知っている人が大半だった。

事件の猟奇性ゆえか、村人たちの多くは、彼の身に降りかかった不幸――恋人と両親を一度に亡くした交通事故――を口にした。そのせいで、すでに知っている話を何度も耳にする羽目になった。

夕方まで歩き回った結果、多少なりとも意味がありそうな証言が二つほど得られた。会話を録音したものを抜粋してみると、次のようになる。

①　ゴミ処理会社に勤める若者の証言

「え、高浦伸吾さん？　うん、知ってるっす。俺、小学校の頃、サッカークラブで一緒だったんすよ。――そうっす。大学時代に、伸吾さんはコーチをやってたんす」

「奇妙な行動……っすか。ないって言いたいっすけど……実は俺、見ちゃったんすよ。あれは確か……先月の上旬だったっけな。その日、俺、ケータイを事務所に忘れちゃって、夜に取りに来たんすよ。午後、十一時過ぎくらいに。そうしたら、ゴミを置いてある集積場から物音が聞こえるんすよ。俺、ぶっちゃけビビったんすけど、怪しい奴が入り込んでたらヤベーと思って、様子を見に行ったんす。そうしたら……いたんすよ。伸吾さんが。しかも、生ゴミを必死で漁ってたんすよ」

「――いやいや、注意なんてとても無理っす。後ろ姿が、あまりに真剣っつーか、鬼気迫る感じだったんで。もう、ケータイもガン無視で、ソッコー家に帰りました」

「そういえば、伸吾さん、でっかいリュックを背負ってたっすよ。たぶん、使えそうなものをパクってたんじゃないっすか。ほら、経済的にヤバいって噂もあったし……」

② 高浦さんの自宅の隣に住む老婆の証言

「――ここ何年か、どうにも眠りが浅くてねえ。夜中でも朝方でも、ほんの些細な物音で起きちゃうのよねえ。そういう体質だから、高浦さんが変な時間に外出するたびに、目が覚めちゃうのよねえ」

「……そうねえ。午前一時とか、二時とか、それくらいかしらねえ。――うん、そうよ。車で出かけて、朝方に帰ってくるの」

「毎日それが続くから、変だなあと思って、ある晩に、高浦さんが帰ってくるのを、窓からこっそり見てたの。そうしたら、あの人、トランクから大きな荷物を出してたのよ。たぶん、何かを持って帰ってきたんだと思うけどねえ」

「ええと、時期は……そうねえ。夜中の外出が始まったのは、今年の五月くらいかしらねえ。それが最近まで続いてて、すごく迷惑してたの」

「ああ、あと、つい一週間ほど前にも騒ぎがあったの。夜中に、救急車が高浦さんのところに来てねえ。あとで知り合いの看護師さんに訊いたら、貧血だったんだって。たぶん、あんまり食事を取ってなかったんじゃないかしらねえ」

「おとといの夜？　ええ、確かに、車のエンジン音はしてましたよ。午後九時くらいだったかしらねえ。いつも見てるドラマが始まってすぐだったの。――そうよ。刑事さんにもその話をしましたよ。あたし、善良な市民ですもの」


こうして、人に話を聞いて回るだけの一日を終え、実家に戻って来る頃にはすっかり日が暮れていた。

自分には刑事はもちろん、営業職すら無理だろうな、と悟るくらいに僕は疲れていて、正直、即行で布団に潜り込みたかったのだが、僕以外の四人は、これからフルマラソンをこなせそうなくらいに元気だった。

食事を終え、シャワーを浴びて茶の間に戻ってみると、先輩たちは当然のごとく、オカルト関連トーク、略してオカルトークに熱中していた。

「高浦氏が奇行に走っていたのは明々白々。彼は宇宙人に操られていたのだ！」

天川さんがやけに断定的に言う。月宮さんはぶんぶんと首を振る。

「妙な行動をしていたのは事実っぽいけど、それと宇宙人を繋げるのは強引すぎるよ。

ねえ、ユーナちゃん」

ユーナは頷き、ニコニコしながら、「コレ、オイシイ、デス」とスイカを食べている。何について話しているか分かっていないようだ。

僕はユーナが差し出してくれたスイカを受け取り、部屋の隅に腰を下ろした。

「あ、星原くん。ちょうどいいところに。星原くんの意見も聞きたいなあ」

「意見、ですか……特に僕は、何も」

「――それでは困るのですよ、星原くん」

日野さんは真顔でこちらを見ていた。

「超現研では、調査に挑む際のルールの一つに、『暴走する者を止めるのは、他のメンバーの役割である』というものがあるんです」

「は、はあ……」初耳だ。「まあ、分かるような気もしますけど……」

今回の調査テーマは「キャトルミューティレーション」で、天川さんは宇宙人の存在を前提に行動している。日野さんや月宮さんが同じスタンスだったら、調査は永遠に終わらないだろう。それを防ぐためには、誰かが冷静に状況を判断し、時と場合によっては非情な結論を――今回の調査は空振りである――下さなければならない。

「星原くんも、メンバーにカウントされるんだよ」月宮さんが僕に向かって手招きをする。「だから、議論に参加してほしいな」

「ええっと、じゃあ……」

　僕はスイカを一口かじって、「……高浦さんは、夜な夜な外出しては、ゴミを集めてたみたいですけど、それって、何に使うためなんですかね」と質問をひねり出した。

「うーん。生ゴミ以外も集めてたみたいだし、パソコンの基盤とかから、貴金属を取り出してたのかな」

「宇宙人が彼を操って、地球の資源を集めさせていたのだろう」

　天川さんがまた突拍子もない説を出すと、月宮さんが「証拠がないでしょ」と真っ向からぶつかっていく。

「ならば、証拠を出せばいいんだな」「そうだよ、そうしたら信じるよ」と二人は真剣にやり合っている。なるほど、こうやって暴走を食い止めるのか、と納得したが、同じように振る舞う気力はない。僕は二人のバトルを横目に見ながら、皮だけになったスイカを皿に戻した。

　と、その時。玄関の方からチャイムの音が聞こえてきた。こんな時間に誰だろう。訝しがりつつも、「はいはい」と玄関に向かう。

「お待たせしました……って、あれ？」

　ガラス戸を開けてみたが、玄関先には誰もいなかった。左右を見回すが、人影は見当たらない。

日野さんなら「幽霊のお宅訪問ですよ！」とか騒ぐかもしれないが、まあ、たぶんただのイタズラ、もしくはチャイムの故障だろう。

やれやれ、と呟いて家の中に戻ろうとした時、玄関先の人工芝のマットに、白い紙切れが置かれていることに気づいた。


〈皆さんがUFOを調べていると噂に聞き、この手紙を書きました。

私は今日の昼間に、宇宙人と接触しました。地球人の代表として、午後十一時五十九分に、冥加池の畔《ほとり》にやってくるように言われたのです。しかし、私には恐怖しかありません。彼らの呼び掛けに答えるつもりはないのです。ですが、無視をすれば、あとでどんなことをされるか分からない。それもまた、非常に恐ろしいのです。

宇宙人に詳しい皆さんに、お願いがあります。どうか、私の代わりに、約束の場所に行ってもらえませんか〉

手紙を読みながら、僕は軽いめまいを覚えた。

確かに、僕たちは尋ねる家々で、自分たちがオカルト系のサークルであることや、UFOについて興味を持っていることを喋った。だからといって、こういうイタズラをされるとは思ってもみなかった。

子供騙しにもほどがある。こんなものに引っ掛かる人間がどこにいるというのか。僕は肩をすくめて、手紙をクシャクシャに丸めようとした。

「なんだそれは」

聞こえた声に振り返ると、天川さんがすぐ後ろに立っているではないか。

「ど、どうして出てきたんですか」

「不穏な気配を察知したのだ」

陰陽師《おんみようじ》みたいなことを言って、天川さんは僕から手紙を取り上げた。ああ、と思わず声が漏れた。この先の展開が、手に取るように分かってしまった。

「これは……」天川さんの表情が一変する。「我々への依頼の手紙だな！」

「文面はそうですけど……。イタズラじゃないでしょうか」

僕の忠告を完全に無視して、天川さんは腕時計に目を落とした。

「——八時半か。よし、充分間に合うぞ！」

「あのー、天川さん……」

恐る恐る声を掛けると、腰に手を当てて夜空を見上げたまま、「なぜ持ち場を離れるのだ」と彼は感情を廃した声で言った。

「そろそろ、午前二時になるんですが」

「それがどうした」

「手紙にあった時刻を二時間も過ぎていますし……もう、宇宙人はやってこないんじゃないかと思うんですが……」

どこから宇宙人が現れるか分からなかったので、僕たちは適当な距離を空けて、楕円形の池の周りに待機していた。しかし、四時間以上待ったが、今のところ、UFOは出現していない。当然の帰結だ。朝まで待とうが、来週まで待とうが、来年まで待とうが、永遠に宇宙人とは巡り会えないだろう。

「……もう、引き上げた方がいいんじゃないでしょうか」

「まだ分からんだろう。早く持ち場に戻れ」

「——このままキャンプ生活に突入するつもり？」

振り返ると、月宮さんと日野さんとユーナがこちらに歩いてくるのが見えた。さすがに待ちくたびれたのか、月宮さんも日野さんも表情が暗い。楽しそうにしているのはユーナだけだ。

「お前たちまで……。持ち場を離れるんじゃない」

「さすがに限界だよ」と月宮さんが首を振る。「こんなこと言いたくないけど、あの手紙……イタズラだったんだよ」

天川さんは無言を貫いている。

「会長。名残惜しいのは分かりますが、俺たちには明日の調査もあります。すでに、持ち場には何台かのビデオカメラを設置しました。ここはいったん、前線基地に戻ることにしませんか」

それでも動こうとしない天川さんの肩を、月宮さんに促されたユーナがぽんと叩く。

「テンカワ、イエ、カエリマショウ」

天川さんは眼鏡を外し、慎重にハンカチで拭いてから、小さくため息をついた。

「……仕方ない。戻るぞ」

池の畔を離れていく天川さんの背中には、わずかに落胆の色が滲んでいた。

僕はあの手紙の差出人に対する憤りを覚える一方で、調査ではこういうことも起こるのだな、と冷静に理解していた。

自分と相容れない異物を排除しようとする、ある種の防衛本能から生み出される悪意――それは、僕が中学校の頃に受けた洗礼とまったく同じものだった。

「どうしたの、星原くん」

「……いえ、なんでもないです」

先輩たちは、これまでに幾度となく、こんな思いをしていたのか……。

僕は視線を足元に落とし、先を行く先輩たちに走って追いついた。

肉体というよりむしろ精神的な疲労を抱えながら、僕はレンタカーの後部座席に乗っていた。

僕の隣に座るユーナはさっきからずっと目を閉じている。寝ているらしい。事情が飲み込めていない者の強みだろう。

こんなもやもやした気持ちのままで、すんなり眠れるだろうか、そんな心配をしていた時だった。

「あれ?」助手席で月宮さんが呟いた。「明かりが……ついてる」

えっ、と窓に顔を寄せる。確かに、僕の家のあちこちの窓から光が漏れている。違和感に首をかしげる。出掛けに消したはずなのに……?

嫌な予感がした。玄関先で車を停めてもらい、慌てて家の中に飛び込んだ。

茶の間の様子を見て、僕は予感が当たったことを知った。閉まっていたはずの押し入れのふすまが開け放たれている。

部屋に入ってきた先輩たちが、異常に気づいて揃って眉根を寄せる。

「これは……どういうことだ」

「あれはたぶん、罠だったんです」天川さんの問いに、僕は首を振った。「僕たちが外出するように仕向けて、その間に泥棒に入ったんでしょう」

「盗まれたものはあるのか」天川さんは厳しい顔つきで押し入れを覗き込んだ。「……

なんだ、この液体は？」

液体？　よく見てみると、押入れの中に入れてあった本や紙箱が湿っている。微かに刺激臭がする。ただの水ではない。化学薬品が混ざっているのかもしれない。

「……どうなってるの？」

月宮さんが、不安そうに天川さんの腕に触れる。天川さんは彼女の手を払うでもなく、振りかけられたと思しき液体の痕を観察している。

「……そういうことか」

日野さんが「何かに気づいたんですか、会長」と、撮影の手を止める。

「ああ。——ごくわずかだが、宇宙人判別器が反応を示している。この液体は、宇宙人の体液に違いない」

天川さんがたどり着いた結論。分かりきっているのに、そのあまりにぶっ飛んだ発想に、僕は思わず訊いてしまう。

「体液ってことは……もしかして、僕の家に侵入したのは……」

天川さんは、当たり前だろう、というように大きく頷いた。

「犯人は宇宙人だったのだ！」

天川さんの推理（もしくは妄想）が正しいか否かはともかく、被害状況を確認するため、僕は家中の様子を見て回った。

その結果、一階、二階、すべての部屋の収納と、庭の物置が、何者かの手によって荒らされていることが判明した。また、茶の間の押入れと同じように、あちこちに謎の液体が残っていた。ちなみにこの液体は、台所の流しと風呂場でも確認されている。

犯人の侵入ルートは、僕が使っている二階の部屋のベランダで、そこのガラス戸の鍵は元々掛けていなかった。天川さんは、「上空から入ってきたのだ」と言い張っていたが、おそらく犯人は雨樋《あまどい》を足掛かりにしたのだろう。

ただ、不思議なことに、これだけやりたい放題なのに、僕たちの荷物や財布は手付かずで残されていた。

状況を素直に解釈するなら、犯人の目的は、変な液体を振りかけるという嫌がらせにあったように見えるが、それでどんなメリットがあるのか、さっぱり分からない。ゆえに、不気味この上ない。

僕は直感的に確信していた。昨日の朝、僕が受け取った、死体うんぬんという手紙。あの差出人が、今回の不法侵入の犯人に違いないと。

とにかく、勝手に家に入って荒らしたわけだから、犯罪であることには違いない。急いで警察に連絡しようとしたのだが、天川さんに止められてしまった。

「せっかく手に入れた宇宙人の痕跡だ。我々だけで分析したい」

「分析って……どうするんですか」

「決まっている。この体液を、科学的に分析しようというのだ」

天川さんは綿棒で液体を拭き取り、それをチャック付きのビニール袋に入れた。

「星原。お前は理学部所属だったな。分析ができる知人はいるか」

「いや、特には……」

「それなら、化学の講義を担当している教授に頼んではどうでしょう」と言い出したのは日野さんだった。

確かに、僕は必修科目の化学Ⅰを受講している。しかし、僕はたくさんいる生徒のワンオブゼムにすぎないわけで、「謎の液体の成分を分析してください！　お願いしますっ！」などと頼んだところで、すんなり引き受けてくれるわけがない。

僕は力を入れてそう反論したのだが、先輩たちは誰も賛同してくれない。月宮さんまでもが、「一応、送るだけ送ってみたら。ダメ元で」とか言い出す始末である。

結果的に、僕はインターネットのホームページで調べた、その教授のメールアドレスに分析依頼メールを出すことになり、合わせて、集めたサンプルを詰めた宅配便をセブンスヘブンから発送する羽目になった。

こうして、まったくの睡眠不足のままで、調査旅行二日目の夜は明けていった。

# DAY 3

## 1

どんなに眠くても、アラームはセットした時刻に無慈悲に鳴り出す。

僕は糸で縫い付けられたかのように一向に開かないまぶたを無理やりにこじ開けて、あくびをかみ殺しながら部屋を出た。

時刻は、午前八時五十五分。今朝の集合時刻は九時。ギリギリまで寝ていたが、三時間ちょっとの睡眠時間では、体力が回復しきるはずもない。階段の途中でもいいから横になりたいくらいだった。

他のメンバーはどうだろう。ふらふらしながら茶の間に入ると、天川さんはもちろんのこと、ユーナも、月宮さんも日野さんも、ちゃんと起き出してきていた。

ポニーテールを整えていたユーナが僕に気づき、にっこり笑う。

「オハヨウ、ゴザイマス、シュンペイ」

「おはよう。……元気そうだね、かなり」

「ハイ、ゲンキ、デス」とユーナは笑顔で頷く。

「大丈夫なの？　無理してない？　あんまり寝てないでしょ」

先輩たちは、オカルトネタで盛り上がってテンションを高めに保ち、強引に眠気を吹き飛ばすという技を使っているが、ユーナには無理な芸当だろう。

「ダイジョウブ、ゲンキ。ジカン、タクサン、ネタ」

「たくさん寝たって……でも」

するとユーナは一本指を立てて、「イチ、ジカン、ネル。モウ、ダイジョウブ」と言うではないか。一時間も眠れば充分？　普通の人間ならありえないことだ。僕は首をひねらざるを得なかった。ユーナは強がりを言っているのだろうか。だが、少なくとも、顔色は普段通りだし、目が充血している様子もない。

やはり、地球人じゃないんじゃ……。

待て待て、と良からぬ方向に行きかけた思考にストップを掛ける。

世の中には、ショートスリーパーと呼ばれる人たちがいると、どこかで聞いた気がする。彼らはわずかな睡眠時間で健康を維持できるらしい。自覚があるのかどうか分からないが、ユーナはきっとそういう特別な能力を持っているのだろう。宇宙人である可能性より、そっちの方がずっと確率は高いはずだ。

天川さんは僕たちをぐるりと見回し、おもむろに腰を上げた。

「それでは、朝のミーティングを開始する。先に言っておくが、今日は外での調査は行わない。昨夜の一件からも明らかなように、すでに、宇宙人は我々のすぐそばに迫っている。もはや、聞き込みを行っている場合ではない。日野。設置していたビデオカメラの映像は確認したか」

「今朝六時過ぎに回収しましたが、宇宙人もＵＦＯも映ってませんでした」

「そうか。やはり、警戒はしているようだ。ここは一つ、より能動的な情報収集に賭けてみるべきだろう」

いかにも名案とばかりに天川さんは一人で頷いている。意味不明である。

「もう少し分かりやすく言ってもらえるかなあ」

月宮さんが口を尖らせ、「ねー」とユーナに向かって同意を求めた。たぶん分かっていないと思うが、ユーナも「ハイ」と真面目な顔で頷く。

「難しい話ではない。奴らが現れるような状況を作り出すのだ」

「つまり、宇宙人を罠にはめる、ということですね」と、日野さんが天川さんの言葉をすっきりとまとめてくれた。

「なかなか積極的でいいと思います。人の話を聞いて回るよりはずっと建設的です。問題は、どんな罠を仕掛けるかですが……」

「すでに考えてある。奴らが何を求めているのか。それはすなわち、地球の生物のサンプルである。現時点で最善と思われるのは、誰かを囮《おとり》にすることだ。だが、高浦氏の一件は、発生状況が不明であり、その忠実な再現が不可能であるため、まずは、牛のハナコが被害に遭った件を模範とする」

天川さんは自信に満ちた表情で、彼が編み出した作戦についての説明を始めた。

作戦は、以下のスキームで表される。

ステップ1　牛の偽物（ダミー）を作る。
ステップ2　適切な場所にダミーを放置する。
ステップ3　牧場から牛が逃げ出したと、嘘の村内放送を流す。
ステップ4　暗がりに身を潜め、宇宙人がやってくるのを待つ。

——以上である。

耳を疑いたくなるというか、開いた口が塞がらないというか、ともかく、ツッコミどころはいくつもある。①宇宙人が日本語で流れる村内放送を理解できるとは思えない。②知能が高いので、すぐに偽物だと気づかれてしまう。③そもそも宇宙人なんていない。

つまり、やるだけ無駄に決まっている。

当然作戦は却下されるものだと思ったが、月宮さんも日野さんも、「悪くないね」とか「やりましょうか」とか、妙にポジティブな意見ばかりを出している。

五分後。結局、議論らしい議論もないまま、全員で牛のダミーを作ることが決まってしまった。まったくもって、みんなどうかしているとしか思えなかった。

ミーティングが終わり、茶の間を出て行く月宮さんを捕まえて、僕はこっそり、「いいんですか、これで」と尋ねた。

「変な展開になっちゃったね」と月宮さんは苦笑する。

「前に調査のルールを説明してくれたじゃないですか。『暴走する者を止めるのは、他のメンバーの役割である』って……。止めないんですか？　っていうか、月宮さんは宇宙人の存在を信じているんですか」

「うーん。そうだね……。ちょっとズルいけど、あたしが答える前に、星原くんの考えを聞かせてもらっていい？　宇宙人について」

一瞬、ユーナの顔が脳裏をよぎったが、僕はそれを無視して、「いないと思います」と言い切った。

「……それと、皆さんが怒ると思ったので言いませんでしたが、キャトルミューティレーションもありえないと思っています。地球にやってきた宇宙人が、地球上の生物の情報を得る目的で、猫と牛と人間に危害を加えた――とてもじゃないですけど、信じられないです」

「普通はそう考えるよね」月宮さんが頷く。「あたしも同感。不自然ではあるけど、不可能なことが起きてるわけじゃないからね。人間でも再現できちゃうことばかり」

でも、と月宮さんは続ける。

「そういう常識的な指摘はしたくないと思ってる。オカルトって、ロマンなんだよ。あたしは宇宙人にはそれほど興味はないけど、『そんなのありえない』って否定するんじゃなくて、『あるかもしれない』ってスタンスで調査する方が、絶対に楽しいじゃない。あたしは天川に、『証拠を出せ』って言ったけど、今回の作戦は、その要求に対するアンサーだよね。だから、止める必要はないと思ってるよ。万が一、キャトルミューティレーションの犯人さんが現れたら、それで調査は終わるわけだし。——これで、星原くんの質問に答えたことになるかな？」

「……はい。ありがとうございます」

頭を下げて、僕は一人でトイレに向かった。

楽しい、か……。たぶん、日野さんに同じ質問をぶつけても、その言葉が返ってきたような気がする。

かつて自分が宇宙に対して抱いていた好奇心は、思春期に捨ててしまった。今でもそれを持ち続けているから、三人の先輩——もしかしたら、ユーナも——前向きでいられるのかもしれない。

超常現象に対する興味を取り戻した時、僕は本当の意味で超現研の一員になるのだろう。――そして、たぶんその日は永遠に訪れない。

こうして、僕たちは宇宙人をおびき出す罠――ダミー牛作りに着手した。

ダミー牛は、ボディを形作る骨組みと、それを包む皮で構成されるが、それらしく見せるためには、実際の牛とほぼ同じサイズであることが望ましい。ということで、牧場に赴き、実物と対面して寸法を測る役割が僕とユーナに与えられた。三人の先輩は、材料調達のため、大きなホームセンターがある加護市に向かうことになった。

実家の前で、レンタカーで意気揚々と出発する先輩たちを見送り、僕とユーナは後藤田さんの牧場に向かった。

今日も空はよく晴れていて、天気予報を見なくても昼間の暑さは容易に想像がついた。この様子だと、雨の心配は必要ないだろう。

天候は、今回の作戦の重要な要素の一つだった。おびき寄せるには――相手が人間であろうがそうではなかろうが――雨よりは晴れの方がいい。

牧場に到着し、柵の向こうに後藤田さんの姿を探すと、彼は今日も牧草地の片隅で作業をしていた。

「あのーっ！」と呼び掛けると、すぐにこちらに気づいてくれた。

「お忙しいのに、すみません」

やってきた後藤田さんに僕は頭を下げた。

「いや、大したことはしておらん」と仏頂面で言って、後藤田さんは首に掛けたタオルで額の汗を拭いた。

「大変ですね、暑いのに」

「この子たちも同じ思いをしている。ワシのエゴで牛たちに苦労を強いているんだ。こちらが先に冷房の効いた部屋に逃げ込むわけにはいかんだろう」

「はあ、なるほど……」

「確かに日光は厳しいが、森から吹いてくる風は割と涼しい。そう簡単に熱射病にはならんよ。それに、放牧地のあちこちには大きな木がある。本当に耐えられなくなれば、牛たちは自発的に日陰に向かう。この子たちは、人間が考えているより、ずっと強い生き物だ」

どこか誇らしげに言って、後藤田さんは僕とユーナを交互に見た。

「それで、あんたたち、何の用だね」

「ええと、実はですね……」

僕は今回の作戦を説明し、牛の寸法を測らせてほしいと伝えた。後藤田さんは非常に協力的で、「どんどんやってくれ。気性はおとなしいから、怪我をする心配はないだろう」と太鼓判をおしてくれた。

僕は後藤田さんにお礼を言って、柵の途中に設けられた戸から牧草地に入った。

「シュンペイ、ウシ、タクサン、デス」

「そうだね。どれを選んでもいいよ」

ユーナは真剣な顔で頷き、柵の近くに座っている牛に近づいていく。牛は顔を上げてちらりとこちらを見たが、特に気にする様子もなく、座ったまま口をもぐもぐと動かし続けている。

僕もそばに寄り、日野さんから借りたデジタルカメラで、いろんな角度から牛を撮影していく。この写真も、リアルなダミーを作るために活用する。

「ウシ、サワル、ダイジョウブ、デス？」

「触れてみたいの？　いいと思うよ。あんまり強くやらないでね」

ユーナはこくりと頷き、おそるおそる、という感じで、そっと牛の背中に触れた。

「どう？」

「……アタタカイ、デス」

ユーナがゆっくりと、牛の広い背中を撫でる。まるで我が子を慈しむかのような、その優しい表情を見た瞬間、僕は思わずユーナと暮らす未来を空想していた。一姫二太郎的なアレである。我ながら恥ずかしすぎる。いくら妄想とはいえ、段階をすっ飛ばすにもほどがある。

そもそも、僕はユーナとずっと一緒にいられるのだろうか。僕はまだ、彼女の素性をほとんど知らない。いつまで村にいるのかさえ分からない。あるいは、明日にもユーナがいなくなる可能性だってあるのだ。

こんな風に二人でいられる時間は、かけがえのない、貴重な思い出になる。その事実が、実感を伴って僕の胸に迫った。

記憶に残っていれば、それでいいと人は言うかもしれない。女々しい行動だと馬鹿にされるかもしれない。それでも、僕は今、この瞬間、ユーナが見せた表情を忘れたくはなかった。

「ユーナ」僕は自分の携帯電話を取り出した。「一枚、写真を取ってもいいかな」

「ハイ」

ユーナは僕に向かってはにかんでみせた。

ありがとう、と礼を言って、僕はシャッターを切った。

冥加山を背景に、牧草地で微笑むユーナ。

完璧だ、と僕は思った。構図がどうとか、画質がどうとか、そんなことはどうでもよかった。今の僕にとって、これ以上に価値のある写真は存在しない。

「さあ、牛の寸法を測ろう」

僕は撮ったばかりの写真を、携帯電話の待ち受け画面に設定してから、メジャーを取り出した。

昼前。買い出しに行っていた先輩たちが帰ってきたので、僕たちはさっそくダミー牛の制作を開始した。

別に凝った材料を使うわけではない。針金と木材と発泡スチロールで体を作り、皮膚の代わりに茶色い布を切ったものを貼り、別に作った手足や尻尾を接着すれば、ダミーは無事に完成となる。

メンバーによる相談の結果、僕とユーナは手足を作成することになった。一つの部屋に全員が集まると手狭になるので、僕とユーナは茶の間で作業をする。

ざっと制作手順を伝えると、ユーナは「ワカッタ、デス」と頷き、段ボールを手に取った。あれだけ熱心に牛を見ていたのだ。任せても大丈夫だろう。僕は僕で、自分の作業に集中することにした。

段ボールを切り、縦長の直方体を二つ組み立て、それらをガムテープで繋ぎ合わせる。シンプルだが、出来は悪くない。遠目にはちゃんと足っぽく見える。

胴体を作っているのは、天川さんと月宮さんチームだ。できあがったパーツを見てもらおうと思い、僕は玄関横の和室に向かった。

「作業中すみません。足を作ってみたんですが……」

僕が差し出した前足を見て、「なんだこれは」と天川さんが渋い顔をした。

「こんなもの、使い物にならん。もっと細部の出来にこだわるんだ」

「え、でも……罠を張るのは夜ですし、形さえしっかりしていれば、このくらいでも偽物だとは気づかれないと思いますが」

「相手が人間ならそうだろう。だが、相手は宇宙人なのだ。時間の許すかぎり、質の向上に務めるんだ」

「はあ……」

辺りを見回すと、畳の上に段ボールで作った骨が何本も並んでいる。どうやら肋骨《ろっこつ》らしい。

僕の視線に気づき、「どう、いい感じでしょ。こういう作業って、やり始めると楽しいよね！」と月宮さんは笑顔を浮かべた。座布団に座っている彼女の横には、腰椎の一部と思われる、短い筒状のパーツが置いてある。どうやら、二人は牛の骨格を忠実に再現するつもりらしい。もちろん、外からは見えない部分である。

月宮さんは天川さんの方針に全面的に賛成のようだ。「作っても意味ないと思いますけど」と指摘しても聞き入れてもらえそうにない。

頭部担当の日野さんはどうしているだろう。様子を見に、彼が作業をしている洋間に向かうと、日野さんは床にあぐらをかいて、ノートパソコンとにらめっこをしていた。画面には、僕とユーナが撮影してきた牛の画像が映っている。

「……あのう。何をされてるんですか」

「イメージを膨らませてるんです」と日野さんは芸能人の宣材写真のようなキメ顔で言う。「発砲スチロールを削って頭部の土台を作るんですが、形がきちんと見えてないと、出来上がりが不格好になってしまいます。絵を描く時、鉛筆を立てて対象のバランスを確認するでしょう。あれと同じです」

思わず吐息がこぼれた。なんということだ。ここにも芸術家がいた。日野さんも一切手を抜くことなく、最高の頭部を作ろうとしている。

三人の先輩たちは、誰も彼もが本気だ。罠を仕掛けるのが目的であるはずなのに、精巧な牛のダミーを完成させることに夢中になっている。本末転倒とはこのことだと思う。僕が手を抜けば、先輩たちはダメ出しを繰り返した挙句、最終的には自分たちで作り直すだろう。仕方ない。こちらもなるべく良質なものを作るしかない。

僕は自作の前足をゴミ袋に突っ込んで、ユーナのところに戻った。

「ユーナ。みんな、すごく真面目に作ってるよ。僕たちも頑張らないと……って、それは……？」

ユーナは、一枚の大きな段ボール板に、ボウリングのピンを縦に引き伸ばしたような輪郭線を油性ペンで描いていた。

「コレ、ウシ、アシ、デス」

「足って……ああ、そういうことか」

眺めているうちにぴんと来た。これは、牛の足を縦方向にスライスした時の形だ。

「でも、これを、どう使うの？」

尋ねると、ユーナは描いた輪郭線の上に、自分の手を重ねてみせた。

「キル、タクサン、カサネル。アシ、デキマス」

「そっか。立体的なペーパークラフトの要領だ」

薄い板状のパーツは断面図なのだから、同じものを重ねていけば、元の形をかなり精巧に再現した立体ができあがる。この作り方なら、先輩たちも納得してくれるだろう。

僕はユーナのアイディアを採用することにした。

ユーナはフリーハンドで次々に足の断面図を描いていく。うまいし速い。これは、僕がしゃしゃり出るより、彼女に一任した方が出来が良くなるだろう。その代わりに、描いた輪郭線に忠実にパーツを切り出す役目を引き受けることにする。

方針が決まれば、あとは黙々と作業をするだけだ。ユーナが描き、僕が切って貼る。わくわくするこの感じ。高校時代、学園祭の立て看板作りで夜遅くまで学校で作業をした記憶が蘇る。

たとえ雄弁に言葉を交わすことはなくとも、二人で行う共同作業は純粋に楽しい。少しずつできあがっていく、牛の脚。それは、僕たちが共有した時間が具現化したものに他ならない。

別の誰かではない、僕とユーナの間だけに通じる、記憶の証明だ——。

そう思うと、段ボールを重ねて作った薄茶色の物体が、無性に愛しく感じられるのだった。

## 2

先輩たちがクオリティを追求したせいで、結局、ダミーの牛が完成する頃には外は夜になっていた。

しかし、時間をかけただけあって、出来栄えは素晴らしいものだった。夜間は当然として、昼間に牧場にこれが置いてあっても本物と見間違えるレベルだ。オカルトサークルを解散して、新たに造形部に鞍替えした方がいいんじゃないかと本気で思う。方向性の良し悪しはともかくとして、先輩たちのこだわりっぷりと集中力には脱帽せざるをえない。

とにもかくにも、いよいよ作戦決行の時が来た。

すでに、村内放送を通じて、後藤田さんの牧場から牛が一頭逃げ出したことを周知してある。村民の何人かは捜索の手伝いを申し出たが、後藤田さんには、「もう暗くなるので、明日にしたい」と断ってもらった。

僕たちはレンタカーのトランクに組み立て前のダミーを載せ、午後八時ちょうどに出発した。

ひと気のない村道を走ること数分。後藤田牧場の前を行き過ぎ、以前、ハナコが倒れていた現場へと到着する。まっすぐな道路の左右には鬱蒼とした森が広がっていて、辺りには街灯も何もない。しかし、星明かりのおかげで真っ暗闇というわけではない。これなら、何者かが現れたらすぐに気づけるだろう。

天川さんが離れた場所に車を停めて戻ってくるまでの間に、パーツをトランクから降ろし、道路脇のちょっとした空き地で組み立てる。完成したダミーを、背中を道路側に向ける形で地面の上に横たえる。これで準備完了だ。

「おお、できているな！」戻ってきた天川さんは満足気に頷き、ぐるりと周囲を見回した。「では、予定通り、森の中で宇宙人の出現を待つことにする。牛を中心に正五角形を描く形で行くぞ」

「皆さん、虫よけスプレーはここにありますよ」

日野さんが得意気にリュックサックからスプレー缶を取り出す。

「いま思ったけど、この配置って、なんだか儀式っぽいね」スプレーを首筋に吹きかけながら、月宮さんが呟く。「見えない五芒星《ごぼうせい》の罠、って感じ」

「なかなか面白い表現ですね。では、俺はこの辺りに」と言って、日野さんは躊躇《ちゅうちょ》なく藪《やぶ》の中に入っていく。

「――ユーナ」

それぞれの持ち場に散る前に、僕は彼女に声を掛けた。

「何か起きても、怖かったら、無理に動かなくていいからね。分かったかな」

「ハイ、ウゴカナイ、デス」

素直に頷いて茂みに入っていくユーナを見送り、僕は自分の持ち場に向かった。

道路の反対側、林立する杉の木の一本を選び、その裏に陣取る。ひんやりと湿った空気には、湿布のような、鼻に抜ける匂いが漂っている。

杉の幹から顔だけを出して辺りを見回すが、闇の中に他の四人の姿は見えない。みんな、うまく隠れているようだ。

足元を確認し、乾いた地面に腰を下ろす。

辺りは静まり返っているが、時々、弱々しい牛の鳴き声が聞こえてくる。ダミーに仕込んだスピーカーから発せられている音だ。今回の作戦では、「後藤田牧場から逃げ出した牛は、足を痛めて動けなくなり、道端に倒れてしまった」という設定を採用している。生きた牛だと勘違いさせることで、相手の食いつきを良くしようという発想に基づいた工夫だ。

僕は体育座りのポーズを取り、膝に置いた腕に顎を載せて、ふっと息をついた。動物の不審死事件の犯人が現れるという保証はない。もちろん、宇宙人は来ない。待ち伏せは長丁場になるに違いない。やれやれ、昨日と同じパターンだ。

僕は辺りの様子に意識を集中させていたが、三十分経っても、何の変化もなかった。先輩たちはドキドキしているのだろうが、正直、退屈極まりない。

僕は座ったまま、頭上に目を向けた。突き出したいくつもの枝によって、複雑な切り取られ方をした夜空が見えている。

暇つぶしに眺めていると、ふと、過去にタイムスリップしたような錯覚に囚《とら》われた。子供の頃、僕はこんな風に、毎晩のように星空を観測していた。いくら娯楽の少ない村とはいえ、よくもまあ、あれだけ夢中になれたものだと思う。

夜空を飾る星たちに、こちらから直接働きかけることはできない。どんなに近く見えても、天体と僕との間には、現実的には無限と言って差し支えない距離がある。僕にできるのは、天体が過去に放った光を受け取ることだけ。ほのかな瞬きを見て、星の来歴に思いを馳《は》せるのが精いっぱいだ。音もなければ、肉眼ではっきり分かるような動きもない。陰気で地味な趣味だ。

しかし、あの頃の僕は、その極めて受動的な行為を楽しいと感じていた。夜の天気予報が晴れならワクワクしたし、雨の予報でも希望を捨てずに空ばかり見ていた。冥加村の美しい星空が、僕の最高の遊び相手だったと言ってもいいだろう。

それだけ楽しめた理由は、想像力にあるのだと思う。観測できるものを受け入れるだけではなく、光の届かない闇の中に、僕は様々な惑星の存在を夢想した。その中には、土星のような大きな輪を持つものもあれば、海王星のような青くて寒い惑星もあった。もちろん、地球によく似た温暖な惑星を想像したこともあった。

そこに住まう生物は、どんな姿をしているのだろう。

僕の想像の翼は、必然的に宇宙人についての考察へと向かった。東京に引っ越し、星空観測ができなくなってからは、より熱心に考えを巡らせるようになった。

体長はどの程度で、腕は何本あって、目はいくつあって、口はどこについていて、どんな方法で意思疎通を図り、どんな文明を作り上げたのだろう——僕はそんなことを、自分なりに考察し、身勝手な整合性を見出しては、一人満足していた。

僕がもし、宇宙に対する興味を抱いたまま今の年齢になっていたら、たぶん、成長するに連れて得られた行動力を、そのまま自分の好きなことに費やしていたはずだ。

無邪気で、向こう見ずで、まっすぐな、ありえたかもしれない僕。

常識をわきまえ、周囲と歩調を合わせ、穏やかに過ごす今の僕。

どちらが正解で、どちらが不正解なのか。そんなことは分からない。それでも、こうして星を見上げていると、少し……ほんの少しだけ、後悔の念が生まれてくる。

僕が思春期に置いてきた好奇心は、もしかしたら、とても大切なものだったんじゃないか。そんな気がして、微かに胸が痛んだ。

ため息をつき、視線を地面に落とした、その時、微かな足音を僕は聞いた。

顔を上げて左右を見回す。道の右手、東の方角に、小さな光が見えていた。誰かが、こちらに近づいてきている。

おそらく、張り込んでいる他のメンバーも身構えているのだろう。ぴんと張った糸のような緊張感が辺りを包んでいた。

足音が徐々に大きくなる。歩く速度は一定で、罠であることを警戒している気配はない。僕たちの存在に気づいていないようだ。

人影が薄闇の中に浮かび上がる。人間だ。当たり前のことなのに、どこかほっとしている自分がいた。

息を詰めて待っていると、その人物が道の途中で足を止めたのが分かった。その場に佇んだまま、しばらく動かずにいる。

張り込みがバレたのか……？

じわりと不安が滲んだが、謎の人物はすぐにまた歩き出した。

さっきより歩調が速い。ダミーの牛に近づき、状態を確認するように牛の周囲をぐるりと回ってから、ポケットから何かを取り出した。

「そこまでだ！」

謎の人物が牛の首元にしゃがみ込んだ瞬間、天川さんの大声が響き渡った。

いきなり聞こえた声に、何者かが慌てて立ち上がろうとする。逃げ道を断ち切るように、森の中から天川さんが勢いよく飛び出してきた。

遅れて、「気を付けてください」と、日野さんが茂みの向こうから顔を見せた。「相手は刃物を持っているようです」

——刃物だって？

僕は慌てて立ち上がり、「ユーナ！　そこを動かないで！」と叫んで、天川さんたちのところに駆け寄った。

「……宇宙人じゃない」

天川さんは例の宇宙人判別器をポケットにしまって、懐中電灯を地面に向けた。

光の中に浮かび上がった横顔には見覚えがあった。鍋島さん——彼は神社で、そしてコンビニで会った時と同じ、青い作務衣を着ていた。

「そ、そんなに怖い顔をしないでくれ」

「刃物を持った相手に笑顔で立ち向かえるほど、我々は強くないのですよ」

日野さんの一言を聞いて、鍋島さんは手にしていた小さなナイフを地面に捨てた。

「いいだろう。全員、出てきて構わん」

天川さんの号令で、月宮さんがおずおずと姿を見せた。ユーナはまだ隠れたままだ。たぶん、僕の言葉を守ってくれているのだろう。

鍋島さんは驚いたように僕たちを見回している。

「ど、どうしてこんなことを……」

「訊くのはこちらだ。貴様はなぜここにいる。納得のいく説明をしてもらおう」

「どうしてって……その、ただ、夜の散歩をしていただけだよ」

「刃物を持って、ですか？」日野さんが落ちていたナイフを拾い上げた。「いささか物騒な趣味と言わざるをえませんね」

「それは……その、たまたまポケットに入っていただけなんだ」

「姑息《こそく》な言い訳は無用だ！　我々は真実を求めている。貴様はあらかじめ用意していたナイフを、倒れている牛の首筋に突き刺そうとした。最初から、牛を殺すことを目的にしていたとしか思えん！」

「それは……」

鍋島さんは唇を噛んでうつむいてしまう。

日野さんは場違いなくらい爽やかな笑顔で、鍋島さんの肩を軽く叩いた。

「だんまりを決め込むのも結構ですが、俺たちは善良なる市民です。後藤田さんの牛を殺した容疑者として警察に引き渡すことになりますが、それでもいいですか?」

「そっ、それは困る!」

「でしょう? なら、事情を話してください。内容次第では、通報をしないという選択肢も出てくるでしょう」

「……分かったよ」諦念まじりに言って、鍋島さんはその場に膝をついた。「何でも話すから、このことは誰にも言わないでくれ。万が一、妻の耳に入ったら……僕は殺されるかもしれない」

「ようやく観念したようだな。貴様の目的はなんなのだ」

間髪をいれずに、天川さんが切り出した。

鍋島さんは牛のダミーを見下ろし、ぽつりと言った。

「……肉が、食べたかったんだ。牛が逃げ出したと聞いたから……。もしかしたら、また手に入るんじゃないか、と思って」

「今、『また』と言いましたね。後藤田さんのところのハナコも、あなたが?」

日野さんが穏やかな口調で尋ねる。

「ああ。食べたよ、肉を切り取ってね。最高だった」

「……そんなの、お店で買えばいいじゃないですか」

月宮さんが怒りを込めた視線を鍋島さんに向ける。

「できないんだよ、それが」鍋島さんは寂しげに笑った。「ウチでは、妻が財布を握っているからね。僕は一銭も持ってない」

「じゃあ、奥さんに頼んで買ってきてもらえば……」

「それができれば苦労はしないさ。彼女は……肉を心の底から嫌っている。野菜しか食べないんだよ。肉を食べたいと言ったら、きっと激しくなじられる」

コンビニでの一件を僕は思い出していた。鍋島さんは、妻である三村さんのことを、非常に強く恐れていた。今の彼の言葉に、誇張はほとんど入っていないのだろう。

妻は偏執的なベジタリアンなんだ、と鍋島さんは吐き捨てるように言った。

「家では野菜しか食べない。でも、僕は望んでベジタリアンになったわけじゃない。肉を食べたいという気持ちを捨てられずにいたんだ。だけど、ここは狭い村だ。その辺の家をいきなり訪ねて、『肉を食べさせてください』なんて言ったら、すぐに妻の耳に入ってしまう。金もない、頼れる相手もいない。……八方塞がりだったんだ。……そんな時に、見つけちゃったんだよ、道端で牛が死んでいるのを」

「死んでいるだと？」天川さんが眉根を寄せた。「貴様が殺したのだろうが！」

「それは違う！　あれはあくまで偶然なんだ。……あの夜は風がなくて、ひどく蒸し暑かった。全然眠れないし、コンビニで涼むにも限界があるから、仕方なく村の中を散歩していたんだ。そうしたら、どこからか、微かに牛の鳴き声が聞こえてきた。牧場の方じゃない、森の中からだった。それで、もしかしたら、牧場から牛が逃げ出したのかもしれない……そう思ったんだ」

鍋島さんは目を閉じ、首を左右に振った。

「でも、殺して肉を取ろうと思ったわけじゃない。見つけ出して、後藤田さんのところに連れて帰れば、きっと感謝される。親しくなれば、妻に内緒で肉を譲ってもらえる。僕はそう考えたんだ。それで、この辺りまで来たら……」

「ハナコが死んでいるのを見つけた」

日野さんが先回りして言う。鍋島さんは力なく頷いた。

「ああ。首から血が流れていたし、微動だにしなかったから、死んでいるんだと分かった。……周りには誰もいない。千載一遇のチャンスだと思った。だから、僕はいったん家に帰って、ナイフを……」

日野さんが彼の言葉を継いだ。

「現場に戻って肉を切り取り、人目に付かない場所で焼いて食べた、ということですね。後藤田さんのところの牛は、赤身の旨《うま》さが楽しめる極上品だそうです。あなたはその味が忘れられず、また同じようなチャンスがやってくるのを心待ちにしていた。だから、俺たちが仕掛けた罠に引っ掛かってしまった」

「……そうだ。僕はただ……死んでいた牛の肉を食べただけなんだ」

ふん、と鼻息を噴き出し、天川さんが鍋島さんににじり寄った。

「改めて訊く。ハナコを殺したのは誰だ」

「分からないよ」鍋島さんは何度も首を横に振った。「……ただ、あの夜に、僕は車のエンジン音を聞いた。それは確かだ。だから、誰かが殺してあの場から逃げたんだよ。本当なんだ」

「では、高浦氏の手首を切断したのは貴様か」

「違う！　そんなことするわけないだろう！」

「神社で死んでいた猫は？」

「それも僕の仕業じゃない。信じてくれ！」

天川さんは鋭い視線を鍋島さんに向けたまま、じっと黙り込んだ。

僕たちの間に、気詰まりな沈黙が流れる。

見かねたように、月宮さんがそっと天川さんの腕に触れた。

「……天川。たぶん、この人は本当のことを言ってるよ」

天川さんは小さく頷き、自分に言い聞かせるように呟いた。

「……分かっている。今後の策を練り直すぞ」

# 3

僕たちは鍋島さんを解放し、ダミーの牛を回収してから僕の実家に戻ってきた。そのまま茶の間に集合し、すぐさま臨時ミーティングを開始する。

テーブルにはビールや缶チューハイを始めとする各種アルコールに加え、ピーナッツやスルメなどの乾物類も並んでいる。さっき、帰りにセブンスヘブンに寄って調達したものだ。こんな時にアルコール？　と違和感を覚えたが、気晴らしをしたいのだな、とすぐに納得した。

全員が揃ったところで、天川さんはノートをテーブルに広げ、「さて」と僕たちを見回した。

「事態は新たな局面を迎えた。明日以降の調査の方針を議論する前に、これまでに得られた情報を整理しておきたい」

「では、僭越《せんえつ》ながら俺がまとめましょう。ボールペンを貸してください」

日野さんは字がきれいなので、サークル内での書記役を務めている。霊とのコンタクトを図る時に使うお札を書きまくっていたら、いつの間にか字がうまくなっていたらしい。思わぬ副産物というやつだ。

「――ま、こんなところですかね。ちなみに敬称略ですので、あしからず」

二年前・五月　高浦伸吾が交通事故で、恋人と両親を失う。
二年前・七月　高浦、酒に酔って三村家（＝鍋島家）で預かっていた犬を蹴り殺す。
一年前・六月　斗南一人が冥加村に越してくる。
一年前・十二月　高浦、斗南のセミナーに通うようになる。
今年・四月下旬　高浦、斗南のセミナーに姿を見せなくなる。
今年・六月下旬　神社に棲み着いていた猫が殺される。
今年・七月上旬　高浦、ゴミ集積場でゴミを漁っているところを目撃される。
今年・七月九日　鍋島、道端で死んでいるハナコを見つけ、肉を切り取る。
今年・七月十日　牛のハナコが死体で見つかる。
今年・七月十八日　斗南がキャトルミューティレーションに関する書き込みをする。
今年・七月下旬　高浦、貧血で病院に搬送される。
今年・七月三十一日　夜、高浦家から車のエンジン音。運転者は不明。
今年・八月一日　冥加山の崖の下で、切断された左手首が見つかる。
今年・八月二日（昨日）　宇宙人と接触したという、謎の手紙が届く。
同日　何者か（宇宙人？）が、星原家に侵入する。

今年・八月三日（今日）　鍋島、肉を切り取ったことを認める。

「うむ。過不足なし。意見はあるか」

「証拠があるわけじゃないんだけど……」月宮さんが缶ビールを片手に、遠慮がちに切り出した。「一連の事件の犯人って、斗南さんじゃないのかな」

「なぜそう思う？」

「斗南さんは、新興宗教の教祖を目指していて、この村でセミナーをやってるんだよね。事故で恋人と家族を亡くし、心が弱っていた高浦さんも、それに参加した。でも、気に入らないことがあって、セミナーに参加しなくなった。そのことで、斗南さんは高浦さんに恨みを抱いた。彼を癒せなかったことが悔しかったんだね。で、復讐《ふくしゅう》を計画した。斗南さんは猫や牛で練習してから、高浦さんの手首を切っちゃった。そういうこと」

日野さんが大きく頷く。

「なるほど、筋は通ってますね。ただ危害を加えるだけじゃなく、練習してまで手首を落としたのは、宗教的な意味を重視したからと考えれば理解できます」

確かに、一つの仮説としては成立しそうだ。だが、今の説には違和感がある。オブザーバーに徹するつもりだったが、僕は発言を求めて手を挙げた。

「直感で申し訳ないんですが、斗南さんは犯人じゃないような気がします。あの人は、もっと心が広いと思うんです。セミナーに来なくなったくらいで恨んだりしないいんじゃないかと」

「……影響されてないよね？」と、月宮さんが心配そうに訊く。「そういえば、星原くん、あの人と何か話してたよね」

「あれはただの雑談です。影響を受けたつもりはないんですが……」

「斗南さんを庇《かば》うようなことを言うからさあ」

「いや、私も星原に賛同する。会社を辞めてまで宗教を興そうという人間が、そのような短絡的な行動に出るとは思えん」

「まあ、そう言われれば……」

「インターネットの掲示板の書き込みのこともある。人の手首を落とすつもりなら、動物の死に関する情報を発信するだろうか。しかも、冥加村という具体名まで出している。警察が不審死と事件を関連付けて考えた結果、書き込みに着目する可能性もある。自分の素性が特定されるリスクを背負う意味がない」

「でも、〈新時代の神候補〉が、本当にあの人とは限らないんじゃないの。たまたま同じ掲示板を見てて、それで、なりすますようなことを言ったとか」

「なりすます意味がどこにある。もし我々が本物と知己であったなら、完全な藪蛇《やぶへび》になる。なぜ嘘をついたのかという余計な疑念を抱かせるだけだ。小難しく考えるより、素直に彼本人の書き込みだったと考えるべきだ」

「むー」月宮さんが顔を赤くしながら唸る。「でもでも……」

「まあ、いずれにせよ証拠はない話です」

すかさず、日野さんがヒートアップしそうな二人を抑えた。そうだ。僕たちのやっていることは、あくまで推論にすぎない。

ふと、僕は思いつく。

いま僕たちが手にしている情報に、ユーナの存在を加えたらどうなるだろう。

ユーナは、高浦さんの手首が発見された現場にいた。彼女が切断犯だという可能性はゼロではない。差出人不明とはいえ、あの手紙にも僕たちの中に犯人がいるようなことが書かれていた。

しかし、その説には不自然な点が多い。どうしてユーナは手首を落としたのか。どうして手首があった現場にいたのか。どうして「棺」の中に隠れていたのか。どうして逃げずにこの村に留まっているのか——。

それに。

贔屓目《ひいきめ》と言われるかもしれないが、やっぱり、僕にはユーナがそんなことをする人間には見えない。

事件について尋ねてみようと思い、隣に座るユーナに目を向ける。「へ？」思わず声が出た。ユーナがさくらんぼみたいな真っ赤な顔をしている。目の前のテーブルには、蓋の開いた桃の缶チューハイが置いてある。これを飲んだらしい。

「ユーナ、大丈夫？」

声を掛けると、彼女はとろんとした目をこちらに向け、「シュンペイ……」と切なげに呟いた。普段と違う、その妖艶すぎる声音に、僕の血圧が爆発的に高まる。

「あれ、ユーナちゃん、酔ってない？　めちゃくちゃ顔が赤いよ」

斜向かいに座っていた月宮さんがユーナの隣にやってきた。ユーナは押入れのふすまに背中を預けて、「アキノ、コンバンハ」と微笑んだ。

「やっぱり酔ってるよ……アルコール、ダメだったんだ」

「でも、自分で開けて飲んでましたよ」と日野さん。

「コンバンハ、ヒノッチ」

「はい、こんばんは」

「挨拶してる場合じゃないってば。注意書きが読めないから、ただのジュースだと思ったのかも。部屋に連れ帰って寝かせてあげた方がいいよ」

「そうですね。じゃあ、星原くん。よろしくお願いします」

「よろしくって……どうすればいいんでしょう」

「それはもちろん、二階の部屋まで彼女を背負っていくんですよ」

「いや、でも、倫理的に……問題があるような……ないような」

「それは星原くん次第だよ。ねえ、日野くん」

「そうですね。誘惑に打ち克《う か》つ精神力が必要です」

日野さんと月宮さんは、どことなく楽しげな表情でビールやつまみを口に運んでいる。

「精神力って、そんな大げさな……あ、ユーナ！」

僕たちが話をしている隙に、ユーナが一人で部屋を出ようとしている。体に触れずに止められるだろうか。迷った瞬間、がつん、と大きな音がして、ユーナがその場に倒れ込んだ。

慌てて駆け寄ると、彼女は顔をしかめて左足の小指を押さえている。柱に思いっきりぶつけてしまったようだ。爪が半分ほど剝がれ、血が出ていた。

「すみません、絆創膏《ばんそうこう》を」

「これをどうぞ」

日野さんがリュックサックから素早く絆創膏を取り出す。それを受け取り、あまり動かさないように、怪我をした指に巻いた。

「大丈夫、ユーナ……って、あれ？」

ユーナは畳に寝転がって目を閉じていた。ついさっきまで痛がっていたが、今は穏やかな顔をして、寝息を立てている。

「……ユーナちゃん、寝ちゃったね。アルコールが麻酔的な効果を果たしたのかも」

「眠気が痛みを凌駕した……んでしょうか。とにかく、二階まで運んできます」

僕は月宮さんと協力してユーナを背負った。その体は思っていた以上に華奢で軽く、そして温かかった。

背中に当たる柔らかい感覚にどうしようもなく狼狽しつつ、それを顔に出さないように必死で口元に力を込めながら、僕は一人で茶の間を出た。

バランスを崩さないようにゆっくりと二階に上がる。ユーナが泊まっている部屋のドアを片手で開け、明かりをつけ、まっすぐ布団に向かい、極めて脆《もろ》いガラスの彫刻を扱うように、慎重にユーナを寝かせた。思わず、ふうう、と長いため息が漏れた。

ユーナは目を閉じ、モナリザのような微笑を口元に湛《たた》えている。楽しい夢でも見ているのだろうか。日野さんは「誘惑に打ち克つ」とかなんとか言っていたが、ユーナの表情には崇高な何かが漂っていて、畏れはしても、よこしまな気持ちを抱くことはありえないように思われた。

いつまでもユーナの寝顔を眺めていたかったが、あまり長居すれば無用な邪推を招きかねない。さっさと部屋を出ようとしたところで、彼女の手首に巻かれた黒いブレスレットが目に入った。

——最初は、人が入れる大きさの直方体。次は杖。次は輪っか、そして板。「棺」はまるで折り紙のように、その形を自由自在に変えている。

改めて観察してみるが、あの「棺」を折り畳んだものだとは、どうしても信じられなかった。いったい、どんなテクノロジーがあれば、こんなものを作れるのか。

僕はふと、夜中に冥加山に行った時に交わした、ユーナとのやり取りを思い出した。出身地を尋ねたら、彼女は宇宙からやってきたのだと、臆面もなく答えていた。あれはユーナなりの冗談だと思っていたが、果たして、あっさりとそう片付けてしまっていいのだろうか。「棺」は宇宙船で、ユーナはそれに乗って地球に飛来した――。その可能性は、本当にありえないのだろうか。

――まただ。

僕は水に濡れた犬のように強く首を振った。どうして、こんなことを真剣に考えてるんだ、僕は。オカルト的な発想に引っ張られすぎている。超現研の先輩たちの影響かもしれない。

どんなにその仮説が魅力的でも、そちらに足を踏み込むべきではない。あの、後ろ指を指され続けた、陰惨な中学校時代に逆戻りしないために。

僕は部屋の明かりを消して、足音に気を付けながら部屋をあとにした。

茶の間に戻ろうと階段を降りている途中で、玄関からチャイムが聞こえてきた。思わず足が止まる。昨夜と同じパターンだ。

また妙な手紙か？　今なら、差出人はまだ近くにいるはずだ。僕は階段を駆け下り、裸足《はだし》のままで玄関のガラス戸を開けた。

「こんばんは、俊平くん」

そこにいたのは真尋さんだった。足元を見るが、手紙の類は落ちていない。

「どうしたの？　キョロキョロして」

「え、ああ、なんでもないんです。それより、どうしてここに？」

「昨日の夜、天川くんに何度か電話をしたんだけど、出てくれなくて。情報交換をしたいって言ってたのに、どうしたのかな、と思って、直接来てみたの」

昨夜は、冥加池で宇宙人と待ち合わせをしていたんです、と正直に言えず、「電源を切ってたみたいです。すみませんでした」と謝っておいた。

「上がっても大丈夫かな？」

「あ、はい、もちろん。ちょうど、ミーティングをやってるところなんです」

「じゃあ、お邪魔させてもらうね」

「あっ！　すみません、ちょっと待っててください」

僕はその場で回れ右をして、急いで茶の間に取って返した。僕は十八歳だし、先輩たちもまだ十九歳のはずだ。現役の刑事の前で飲酒するというのはさすがにまずい。

「あれ、どうしたの、慌てちゃって」

「真尋……もとい、長塚さんが来てるんです」

「ああ、星原くんの知り合いの女刑事さん。録音データは聞いたけど、まだ会ったことないんだよね、あたし。一度、話をしてみたいと思ってたんだ」と言って、月宮さんは手にしていたワイングラスを優雅に口に運ぶ。

「ここに通すのはいいんですが、目の前で飲酒するのはさすがに良くないかと……」

「一理ある」天川さんは月宮さんの手からグラスを奪うと、半分ほど残っていたワインをぐいっと飲み干した。「これでよかろう」

「それ、あたしの……っていうか……間接キス……」

月宮さんの顔が赤いのは、果たしてアルコールのせいだろうか。そんなことを考える間もなく、茶の間に真尋さんが姿を見せた。

「準備はいいかな？」

「何の問題もないですよ」と、日野さんは涼しい顔で頷く。「おや、薄毛の刑事さんはご一緒じゃないんですか。刑事は二人一組で行動するものだと思っていましたが」

「薄毛って。それ、絶対本人に言っちゃダメだからね」

真尋さんは苦笑しつつ、さっきまでユーナが座っていたスペースに腰を下ろした。

「今日の捜査はもう終わってるよ。だからこれはプライベート。一般人として、君たちに会いに来たの。それに、私はあの事件の担当を外されたから」

「あの、それって、あたしたちと話をしたから、ですか……？」

おそるおそる尋ねる月宮さんに、「違うよ」と真尋さんは笑ってみせた。「私は、事件の被害者の高浦くんと幼馴染みだから。捜査がやりにくいだろう、っていう上司の判断。よほど心配されてるのか、明日は休めって言われちゃってる。だから、今日は時間を気にせず、ゆっくり話ができるよ」

そう言って、真尋さんが辺りを見回すポーズを取る。

「外国人の女の子と行動してるって、村の人から聞いたんだけど……いないね」

「体調が悪くなって……部屋で休んでます」

僕が代表して答えた。酔い潰れて寝てしまったという事実は伏せておく。

「そう。じゃ、そちらが集めた情報、話してもらえる？」

天川さんは「よかろう」としかつめらしく頷き、これまでの調査の結果を滔々《とうとう》と説明した。ただし、警察の介入を防ぐためだろう、昨日の宇宙人侵入騒動についてはバッサリカットされていた。

話を聞き終え、真尋さんは「動物の不審死も、犯人は依然として不明、か……」と腕組みをした。「警察も、そっちに人を回すべきかもね」

「調べる価値があると思いますか」

僕の質問に、「価値の有無は関係ないの」と真尋さんはきっぱり答えた。

「人員の許す限り、どんな些細なことでも調べるのが警察っていう組織。事件の解決に役立つかどうかは、情報を集めてから判断すればいいことだから」

「公務員の鑑《かがみ》だな」天川さんは無感情に言って、皿の上のスモークチーズをつまんだ。

「では、そちらで判明している事実を教えていただこう」

「約束だからね。ただし、捜査上伏せるべきことは伏せさせてもらうから。それと、安西さんには内緒にしておいて。いろいろと面倒だから」

「よかろう。その条件で構わん」

「ありがとう。じゃ、客観的事実だけを述べるからね。まず、崖の下に落ちていた手首だけど。改めて調べたところ、指が何本か骨折していたことが判明したの。犯人は、崖から手首を投げ落としたのかもしれない」

グロテスクな話は苦手な月宮さんが「うえ」と顔をしかめた。

「手首を切断した痕跡は、崖の上にあったのか」

天川さんの問いに、真尋さんは小さく首を振った。

「今のところ、崖の上では血痕が見つかってない。ブルーシートを敷いて血が飛び散らないように工夫した、あるいは別の場所で切断して、あそこまで持ってきたという可能性も考えられるけどね」

「現場に犯人の足跡はなかったのか」

「崖の下の地面は固く乾いていて、足跡は全然残ってなかったね」

「ふむ。高浦氏の足取りはどうか」

「……まだ分かってないの」

真尋さんは目を閉じ、深いため息をこぼした。

「重傷を負ってるはずだから、あちこちの病院に当たってみたけど、治療を受けた様子はなくて。……犯人に拘束されているのかも」

彼女が口にした可能性に、僕は不自然さを感じた。手首を落とすという残虐行為を働いた犯人が、いまさら拘束なんかするだろうか。真尋さんはもっともありえそうな結論――高浦さんがすでに殺されている――から目を背けている気がした。それが私情のなせる業だとすれば、彼女を捜査から外した警察の判断は正しかったのかもしれない。

天川さんの質問はさらに続く。

「高浦氏の自宅の捜索は行われたのか」

「ええ。加護市にいる彼の伯母さんを呼んで、立ち会ってもらってざっと中を見たよ。家の中は片付いていていて、何者かが侵入した形跡はなかったし、現金も手つかずで残されていた。ちなみに、玄関の鍵は最初から開いてたね」

「……うむ。では、高浦氏が狙われた理由はどうか」

「それが分かれば、捜査は一気に進展するんだけどね。現時点では、強い恨みを持っていそうな相手は捜査線上には浮かんでない。まだ、人間関係を洗い出してる段階」

「仮に怨恨だとしても、犯人の意図がよく分からないですよね」日野さんが首をかしげた。「どうして、手首を野ざらしにしたんでしょう」

「それに関しては、警察内部でも意見が分かれてる。『頭のおかしい人間がやったことだ』って片付けるのは簡単だけど、そう決めつけたくはないと私は思ってる。儀式的な意味があったのか、あるいは、犯人にとって予定外だったのか……その辺が、もしかすると事件を解決する鍵になるかも」

「事件発生から今日が三日目か。捜査の進捗は今一つ、と見受けられる」

「……うん。悔しいけど、君の言う通り。私は外れちゃったけど、今後はもっと人員が増えるはずだし、捜査もはかどるようになると思うよ」

さばさばした口調で言って、真尋さんは部屋の隅のクーラーボックスを開けた。

「あ、そこは……」

慌てた様子の月宮さんに、真尋さんはクーラーボックスから取り出した缶ビールを突きつけた。

「これは何かしら？　あなたたち、未成年でしょ」

「いや、それは、あれですよ。墓前に備えようと思って」

苦しい言い訳をひねり出す日野さんに、「なんてね」と真尋さんはいたずらっぽく笑った。「心配しなくても、君たちの年齢を訊いたりしないから」

真尋さんは缶ビールを開けて、白い喉を見せつけるように一気に飲み干した。

「――あー、おいしっ！」

「あの、真尋さん。車で来たんじゃないんですか」

「大丈夫、徒歩だから。せっかく休みをもらったから、今日は村の実家に泊まってるの。今回の事件でうちの親が不安がってるし、たまにはいいかな、と思って」

屈託なく笑って、真尋さんは次の缶ビールを手に取った。

「もう教えられることもないし、事件の話題はこの辺でおしまいにして、これからはみんなの話を聞きたいな」

「超常現象に興味がおありか」

「結構ね」

真尋さんが頷くや否や、先輩たちは一斉に手を挙げる。

「まずはキャトルミューティレーションについて語るのが筋だろう！」「いや、今は夏ですよ。ここはやっぱり、霊について話し合わないと」「待って待って！　いきなりそんな濃い話題はダメだよ。まずは超能力でしょ！」

自分こそが最初に喋るべきだとばかりに、先輩たちはそれぞれの主張をぶつけ始めた。

ことオカルトになると、問答無用で我を忘れてしまうらしい。

「すみません、騒がしい人たちで……」

「いいじゃない。大学生らしくって。すごく楽しそう」

真尋さんは笑いながら言って、二本目の缶ビールを口に運ぶ。

――無理をして笑っているのだろうか。

きっと、そうなのだろう。真尋さんの振る舞いはちょっと明るすぎる。高浦さんの行方を案じる気持ちを、一時的にでも忘れたいのかもしれない。

「これ、どうぞ」と新品の紙コップを真尋さんに差し出す。

「ああ、ありがとう」

真尋さんは笑顔で紙コップを受け取り、「……すごく不思議」と呟いた。

「こうして俊平くんにお酒を注いでもらえる日が来るなんて、想像もしてなかった」

「ええ……僕も、すごく不思議な気分です」

「いいよね、こういうのも……。理想的な青春、って感じで」

真尋さんは僕が注いだビールを飲みながら、いつ終わるとも知れない先輩たちの不毛な戦いを、眩しそうに見つめていた。

# DAY 4

## 1

　今朝も僕は、鳥の鳴き声で目を覚ました。

　時刻は午前八時三十五分。昨夜はずいぶん遅くまで、オカルトークに花が咲くのを見守る羽目になった。今朝もまた寝不足である。

　とはいえ、いつまでもダラダラ寝ているわけにもいかない。昨日は結局、今後の調査方針を決められないまま飲み会に突入してしまったため、午前九時からミーティングが行われることになっていた。

　茶の間に向かうと、一人で小学校三年生の国語の教科書を読んでいるユーナの姿があった。

「──オハヨウ、シュンペイ」

「うん。おはよう。体調はよさそうだね」

　昨日は結局、彼女は一度も起き出してこなかった。普段は短い睡眠時間で充分だと言っていたユーナだが、アルコールの影響で深い眠りについていたのだろう。ただ、今朝はもうすっかりいつもの彼女に戻っている。

「ああ、そうだ。足の怪我は大丈夫？」

僕は自分の足の小指を指差してみせる。するとユーナは「ナオッタ、デス」と頷く。治った？　強がりを言っているのかと思って彼女の足を見ると、絆創膏はすでに取り去られ、半分剝がれて出血していた爪は完璧に元通りになっていた。

「……確かに大丈夫そうだね」と僕は首をかしげた。

そうこうするうちに、先輩たちが次々と茶の間に姿を見せた。眠そうな顔の人は誰もいない。旺盛な食欲で、買い置きの菓子パンをばくばくと頰張っている。

ブラックの缶コーヒーを飲みながらその様子を眺めていると、僕の携帯電話が着信を告げた。浩次さんからだ。

「——もしもし？」

「大変だよ、俊ちゃん！」聞こえてきたのは、浩次さんの慌てた声だった。「また、見つかったんだ！」

「見つかったって……何がです」

「人間の腕だよ！」

浩次さんの声が漏れ聞こえたのだろう。食事中の先輩たちの目が、いっせいにこちらを向いた。

「もう少し、詳しくお願いします」

「あ、ああ。今朝早く、冥加山の道路脇の茂みで、成人男性の右腕が発見されたんだ。肩のところから切断されてた。簡易照合だけど、指紋は高浦さんのものと一致してた。あと、何カ所かに喰《く》いちぎられた痕があって、これはたぶん熊の仕業だと思う。近くの土に足跡が残ってたからさ」

浩次さんは早口にまくし立てて、「これから、村の人に熊出没情報を伝えに行かなきゃいけないんだ」と言って、電話を切ってしまった。

突然の知らせに困惑しつつ、僕は浩次さんの話を先輩たちに伝えた。

「左手首に続いて、今度は右腕か……」と、天川さんが眉をひそめた。「冥加山には熊が生息しているのか？」

「可能性はあります」と僕は答えた。「昔、大きな熊が目撃されて、騒ぎになったことがありました」

ユーナが僕の肘に触れ、「クマ、ナンデスカ？」と訊く。

「大きな動物で、力が強くて、凶暴なんだ」

僕の説明に、「アブナイ、デスネ」とユーナが神妙に言う。

「ねえ、見つかった腕が高浦さんのものだったってことは、つまり……」

顔をしかめる月宮さんから、「つまり」と、日野さんが言葉を引き継いだ。

「高浦氏に危害を加えたのは、熊である可能性が出てきた、ということですね」

もし、その仮説が正しいなら――事件の様相は大きく変化することになる。

僕たちはこれまで、何者かが高浦さんの手首を切り落としたのだと考えていた。だが、腕だけでなく、最初に見つかった手首も熊の仕業だったとすれば、崖の上にあった車や靴は、高浦さん本人が残していったものだと解釈できる。

となると、この事件は――。

「高浦さんは……自殺をしたんでしょうか」

「そうなのかもしれないですね」と日野さんが頷く。

「最初、崖下に彼の遺体があった。それを見つけた熊が、……あまり言いたくはないですが、遺体を餌だと判断した。食事後、熊は噛み切った左手首をその場に残し、まだ食べられる部分があったため、体を持ち去った。そして今朝、別の場所から、食べ残しである右腕が見つかった。……そういうことだったのではないでしょうか」

「それは違う！」

「何が違うというんですか、会長」

「発見された右腕は、熊の仕業に見せかけるために宇宙人が行った細工だ。そう考えなければ、この家のあちこちに残された、謎の体液の説明ができなくなる」

天川さんの主張に、日野さんが「いや、しかしあれはいたずらで……」と反論しかけたその時、再び僕の携帯電話が震えだした。

知らない番号だ。僕は先輩たちに断って電話に出た。

「……はい、星原ですが」

「君ねえ、ああいうのは困るよ！」

耳を貫くような甲高い声に思わず携帯電話を耳から離しそうになったが、聞き覚えがあることに気づき、僕はすんでのところで思いとどまった。電話の相手は、僕が受講している化学Ⅰの担当教授だった。

「……あの、届きましたか、あれ」

おそるおそる尋ねると、「今日の午前八時二分にね！」と苛立《いらだ》った声で返された。

「昨日は学会出張だったんだけど、今朝大学に来てみたら、わけのわからない依頼メールは来てるし、宅配便は届いてるし、君ね、唐突にもほどがあるだろう。常識というものをわきまえなさい！」

いきなりサンプルを送りつけて、「分析してください」と頼んだのだ。当然と言えば当然だが、完全にお怒りになっている。

僕は平身低頭で「ご迷惑をお掛けしてすみませんでした」と謝罪した。

「まあ、今度からは気をつけなさい。それで、サンプルの分析結果だけど」

「えっ？　分析って……やっていただけたんですか」

「そこに正体不明の物質があれば、分析したくなるでしょうが！」と教授は相変わらずのキンキン声で言う。「簡単だったから、すぐに分かったよ。まったく、どうせなら、もっと歯ごたえのある問題を出せばいいのに……」

「あの、なんかすみません。それで、何だったんですか、あれは」

「ルミノール試薬だよ。知ってるだろう。鑑識の人間が使うやつ。正確には、ルミノールという有機化合物と、過酸化水素水と、水酸化ナトリウム水溶液の混合物だ」

「え、あの、それは……普通の物質ですよね」

「何をもって普通というか知らんが、それほど珍しいものじゃない。そろそろいいかね。興味があるなら自分で調べなさい。あと、講義もちゃんと聞くように！　それじゃ」

教授はそう言って、一方的に電話を切ってしまった。

ルミノール試薬……？

名前は僕も知っている。血液に反応して、青く光る試薬のことだ。問題は、侵入者がどうやってそれを入手し、どうして僕の家のあちこちに振りまいたか、ということだ。

一人で思案していると、月宮さんが僕の腕をつんつん、とつついた。

「今の電話、なんだったの？」

「謎の液体の分析結果でした」

結果を告げると、三人の先輩たちは揃って黙り込んでしまう。事情が飲み込めないユーナだけが、不思議そうに僕たちを見回している。

「……それって、簡単に手に入るものなのかな」

「調べてみましょう」

日野さんは自分のモバイルPCでインターネットに接続し、試薬の名前で検索を実行した。その結果、ルミノール試薬をキット化したものが市販されており、通販で購入可能であることが判明した。中・高校生向けの実験に使われるらしい。

「誰でも買えるみたいですね。しかし、どうしてそんなものを使ったのでしょう」

言うか言うまいか。迷った結果、僕はおずおずと手を挙げた。

「あの……ちょっと、心当たりがあるんです」

「なんだと」と天川さんがぎろりとこちらを睨む。僕は急いで部屋を出ると、二階から例の脅迫状を取って茶の間に戻った。

「皆さんには黙っていたんですが……こんなものが僕のところに届いてました」

脅迫状を一読して、日野さんは「なるほど」と頷いた。

「お前が死体を持ち去ったことは分かっている……つまり、この手紙を出した人は、星原くん——あるいは俺たちが、高浦さんの遺体をこの家に隠していると思い込んでいたんでしょうね。それは、押入れなどの人目に付かない場所であると考えた。だから、血痕を探すために、俺たちを外におびき出し、この家に侵入して、ルミノール試薬をふりかけて回った、と。そういう経緯だったと推察できますね」

僕も日野さんと同意見だった。冥加村で起きた事件の大半は、もう解決している。

牛のハナコの肉を切り取ったのは、鍋島さんだった。

高浦さんは自殺で、その遺体を損壊したのは熊だった。

僕の実家に残されていた謎の液体は、ルミノール試薬だった。

僕は天川さんの様子をうかがった。彼は瞑想《めいそう》するように目を閉じている。

「天川……」月宮さんがそっと声を掛けた。「これから、どうする……？」

「……謎はまだ残っている。猫と牛を殺した犯人は不明なままだ」

「宇宙人が犯人……かもしれないってこと？」

「それを明らかにするのが、我々の目的だろう」

「でも……やれることはやっちゃったんじゃないかな。たくさんの人に話を聞いたけど、他に動物の不審死の情報は出てこなかったし、特に不思議な出来事も起こってなかったみたいだから……。心ない誰かが、動物を傷つけた——そう考えるのが、妥当な解釈じゃないのかな」

「……」

黙り込む天川さんに、月宮さんは諭すように言う。

「あたしも、最初はすごくワクワクしてた。この村では不思議な出来事がいくつも起きていて、それは宇宙人の存在を感じさせるものだったと思う。でも、こうして調査してみて、いろんなことが判明して、それで……なんていうかな、輝きが色褪《いろあ》せちゃった気がするんだ。……あたしたちが調査するべき魅力的な謎は、もう残ってないんじゃないかな……って」

天川さんは目を閉じたまま、しばらく黙っていたが、やがて絞り出すように言った。

「……少し、時間をもらえるか。自分の中で整理をしたい。それまでは、各自、自由に過ごしていて構わない」

天川さんが部屋に引き上げていくと、茶の間に残ったメンバーの間に、虚脱感のようなものが降りてきた。「終わった」という空気を誰もが感じているようだった。

「……落ち込んでましたね、天川さん」

「そうだね。顔には出していなかったけど、がっかりはしてたと思う」

「これが、前に日野さんが言っていた、ルールなんですね。『暴走する者を止めるのは、他のメンバーの役割である』という……」

「そうですね」と日野さんが頷く。「ただ、俺たちはあくまで冷静な意見を言うだけに留めています。幕を引くのは、今回の調査の発案者である会長の役割です。でも、自分からそれを言い出すのは難しいので、さっきのように後押しをするんです」

「なるほど……じゃあ、調査はもう、終了になるんですか」

「おそらく、今日の夕方までには冥加村を発つことになるでしょう」

「そういうこと。……ふあーあ」月宮さんは大きなあくびをして、「……なんだか眠くなってきちゃった」と目をこすった。

「せっかくだし、天川の部屋で寝たらいいんじゃないですか。『お布団、一緒に入らない？』みたいな感じで、傷心の天川を慰めに行くという手もあります」

「そんな手はないよ！　もう！」

月宮さんは日野さんの肩を小突くと、「一人で寝る！」とぷりぷりしながら、自分の部屋に引き上げていった。

「やれやれ、今回の旅行でも進展は期待できそうにないですね」

「天川さん、あんまり女性に興味なさそうですし、仕方ないですよ」

「そうですね。俺は月宮さんを応援してるんですが、なかなかうまくいきません」

茶化してばかりじゃないですか、と言いたいところをこらえて、「日野さんはこれからどうします？」と尋ねた。

「こいつの世話ですね」と言って、日野さんがビデオカメラを撫でた。「これまでに撮りためた映像に霊が映っていないかチェックします。で、そういう星原くんはどうするんです？」

「そうですね……」

今日中に僕たちは冥加村を離れるかもしれない。そうなった時、ユーナはどういう判断をするだろう。一緒に東京に向かうのか、それとも村に残るのか。

訊くのは怖い。だが、他人任せにはしたくない。僕自身で、ユーナにこれからのことを尋ね、できれば――難しいとは思うが――自分の素直な気持ちを伝えたい。

ユーナはさっきからずっと、黙って小学校四年生の国語の教科書を読んでいる。

大事な話だし、誰もいないところで――そう思って声を掛けようとした時、玄関でチャイムが鳴った。

「またチャイムか……」僕は思わず顔をしかめた。「浩次さんかな」

僕は日野さんとユーナを残して、玄関に向かった。

「――やあ、おはよう」

予想外の人物の来訪に、僕は挨拶を返すタイミングを逸した。

ガラス戸の向こうに立っていたのは、斗南一人さんだった。

「……えっと、どうして斗南さんがここに？」

「嫌だなあ、忘れたのかい？　君が欲しがっていた鉱石、なんとか手に入れることができたんでね。さっそく、こうして馳せ参じたというわけさ。ほら」

斗南さんは手にしていた布袋から、コーラ飴《あめ》のような、濃い褐色の小石を何個か取り出した。見た目では分からないが、これにルテチウムが含まれているらしい。

「ありがとうございま――」手を伸ばしかけたところで、ふと不安がよぎる。「……あのう。それって、おいくらくらいするものなんですか」

「お金のことは気にしなくていいよ。ただであげるよ」

「え、本当ですか。でも、さすがに何かお礼をしないと……」

「君の気が済まない？　なら、ちょうどよかった。実は、君に折り入って頼みたいことがあってね」

斗南さんの明るい笑顔に、僕は逆に不穏な空気を感じ取っていた。

「……何をすればいいんでしょうか」

「そんなに身構えないでくれよ。ちょっぴり傷つくじゃないか」

斗南さんは苦笑して、上《あ》がり框《かまち》に腰を下ろした。

「大それたことじゃないよ。ある人と連絡を取ってもらいたいだけだ。僕が呼んでも相手にしてもらえそうにないんでね」

2

「で、どうしてこの人がここにいるんだ？」

僕の連絡を受けてやってきた浩次さんは、斗南さんの姿を見て顔をしかめた。

僕たちは高浦さんの自宅の玄関先にいた。「中に入りたいので、警察に頼んでほしい」と斗南さんに言われ、それならばと浩次さんに連絡を取ったのだ。

「僕がお願いしたんですよ。高浦さんに貸している本を確認したかったので」

斗南さんの返答を聞いて、浩次さんはため息をついた。

「熊が出たから、あちこち注意して回ってて、すごく忙しいんだよね。それなのに、たかが本のことで呼びつけたわけ？」

「たかが、と言いますが、僕にとっては大切なものなんですよ。それに、高浦さんは行方不明なんでしょう。彼が犯罪に巻き込まれていたら、最悪の場合、僕の本が証拠物件として警察に押収される可能性もある。だから、今のうちに回収しておきたいんです。すでに警察は家の中を調べたそうですね？」

「……一応ね。本人に繋がる証拠があるかもしれないから」しぶしぶ、といった感じで浩次さんが答える。「っていうか、その話、誰に聞いたの」

「真尋さんに教えてもらったんです」と僕は正直に言った。「調べたけど、事件のヒントらしきものは見つからなかったって」

「そうなんだよな。まあ、指紋や足跡を採取したり、あちこちひっくり返したら何か出てくるかもしれないけど、今の段階でそこまでやる理由がないからさ」

「逆に言えば、今ならまだ入っても大丈夫、ということじゃないですか」と斗南さん。

「鍵は持ってきていただけましたか？」

「俊ちゃんに頼まれたから……」

浩次さんは制服のポケットからキーホルダー付きの鍵を取り出した。

「それは、高浦さんの家の中にあったものですね」

「そうだよ。泥棒が入ったらまずいから、彼の伯母さんの許可をもらって、改めて施錠したんだよ。で、その伯母さんが、『いちいち立ち会うのも面倒だから、好きに入っていい』って言って、鍵を警察に預けて行ったってわけ」

「なるほど。僕には非常に好都合です」

浩次さんは胡散臭そうに斗南さんを睨んだ。

「連れて行くとは言ってないよ。本を確認するだけなら、俺一人だけでいいでしょ」

「それでも構わないんですが、『ない』という証言は、必ずしも正しいとは限りませんからね。僕が自分の目で見るのが一番確実です」

「俺が嘘をつくってことかよ。……まあいいや。入ってもらっていいけど、さっさと済ませてよ」

浩次さんはそう言うと、辺りをうかがいながらガラス戸の鍵を開けた。

「俺が先に行くから。余計なものを触ったりしないように頼んますよ」

浩次さんに続いて、僕と斗南さんも家に上がる。壁にも床にも天井にも変わったところは見受けられない。だが、その「普通さ」が逆に不気味だった。

「何の臭いもしないね」僕の前を歩いていた斗南さんがぽつりと言った。「噂じゃ、高浦さんはかなり荒れた生活を送っていたそうだけど」

「生活態度はともかく、家の整理はきちんとしてたみたいだよ。他の部屋も見たけど、どこもきれいなものだったし。二階の部屋には埃《ほこり》が積もってたけど、たぶん、全然足を踏み入れてなかったんだろうな」

「へえ、そうなんだ。ちょっと見てみたいな」

「何言ってんの。本棚がある部屋を確認したら、おとなしく帰ってもらうからね」

斗南さんは「分かってますよ」と肩をすくめた。浩次さんの態度にはとげとげしさがあるが、この手の扱いに慣れているのか、斗南さんには気分を害した様子はない。

浩次さんは脇目も振らずに廊下を進み、階段脇の部屋の前で足を止めた。

「くれぐれも、余計なことはしないように」

浩次さんは念押しして、ゆっくりドアを開けた。

部屋の広さは八畳くらい。ドアの正面にカーテンが引かれた窓があり、向かって左手にパソコンデスクが、右手に本棚が設えてある。

本棚は、高さが二メートルほどで、各段にまばらに本が収められている。上段から中段にかけては文庫本ばかりだが、下段には図鑑のような、大型の本が入っていた。

「どれどれ……」

斗南さんは本棚の前に陣取ると、迷いなく下の段を調べ始めた。

「本の見た目はどんな感じですか。よかったら、手伝いますけど」

「黒い皮の表紙で、背表紙に銀色の文字でタイトルが書いてあるんだけど……」斗南さんは説明しながら首をかしげた。「どうやらここにはないみたいだな」

「なかったの？　じゃあ、これで終わりってことで――」

「ちょっとだけ待ってください」

浩次さんの言葉を遮って、ぐるりと室内を見回すと、斗南さんはまっすぐにパソコンデスクに向かった。机の上には閉じられたノートパソコンと、書きかけのメモが数枚あるだけで、本は一冊も置かれていない。

斗南さんは机に近づくと、ためらう様子も見せずに、三段になっている引き出しの一番上を引き開けた。

「おいおいおい！　約束が違うじゃないか」

慌てる浩次さんに構わず、斗南さんは次の段に手を伸ばした。無言で引き出しの中身を確認し、素早く閉めると、続けざまに一番下の引き出しを開けた。

「あんた、いい加減にしろよな」

見かねた浩次さんが駆け寄ろうとするのを、斗南さんは右手を上げて制した。

「ありました」

斗南さんは不敵な笑みと共に、引き出しから黒い本を取り出した。表紙には、銀色の文字で『The Secrets of Homunculus』と書いてあった。

「……それが、高浦さんに貸していた本なんですか」

「悪いね星原くん。あれは嘘なんだ。貸したんじゃなくて、僕のところから盗まれたんだよ、この本は」

「盗まれたって……」

そういえば、僕たちが自宅を訪れた時、斗南さんは泥棒に入られた話をしていた。盗まれたのは、人造人間、いわゆるホムンクルスの製造法が書かれた本だった。その本がここにあるということは、当然……。

「つまり、高浦さんが盗みだした、ってことですよね」

「まあ、他人に頼んで盗ませたって可能性もあるけど、プロセスはどうでもいいね。肝心なのは、高浦さんがこの本を必要としていたってことだ」

「……盗みというリスクを冒してまで本を手に入れて……高浦さんの目的はなんだったんでしょうか」

「彼が、村のあちこちでゴミを集めていたって話は、僕も噂に聞いている。そのことがあったから、高浦さんが本を盗んだ犯人だと確信したわけだけどね。たぶん彼は、材料を探していたんだ」

「材料？　何の材料ですか」

「人体だ」

斗南さんはきっぱりと言い放った。浩次さんが「はあ？」と素っ頓狂な声を出したが、それを無視して、「人体を構成している物質はよく知られている」と斗南さんは続けて言った。

「炭素、酸素、水素、窒素、硫黄、カルシウム、リン、鉄、ナトリウム、塩素、カリウム……それに、様々な微量元素。そんなものが人体の材料になる。高浦さんは、それらを含む材料を集めていたんだろう。魚の目玉とか、熟していない林檎《りんご》とか、数メートル地面を掘り返して得られた土とか、儀式的にそれなりに意味があるものをね」

「何のためにそんなことをしたんでしょうか」

「八月のエトランゼ——覚えてるかい？」

「……ええ」と僕は頷いた。高浦さんが自己解放プログラムの一環として書いた詩のタイトルだ。

「あの詩に登場する『エトランゼの君』っていうのは、どう考えても死んだ恋人のことだよね。要は、高浦さんは彼女のことが忘れられなかったんだ。どうしても逢《あ》いたい。だから、死者を蘇らせようとしたのさ」

「二人とも、何の話をしてるんだ？」浩次さんが、こらえきれないというように僕たちの間に割って入った。「ガラクタから人体を再生するなんて、そんなことできるはずがないだろ」

「無理でしょうね」と、斗南さんは本を大事そうに脇に抱えた。「しかし、思い込みというやつは、時に奇跡を信じさせる魔力を持ちます。高浦さんは夢を見てたんですよ。人体再生の秘術を極めれば、死んだ恋人にきっと逢えるってね。この家を綿密に調べれば、きっと、実験の痕跡を見つけることができるでしょう」

「……そのことと、伸吾さんの手首や腕が見つかったことは関係あるのか？」

「それは僕の知るところじゃないですよ。頑張って調べてください。――さあ、帰りましょうか」

激励するように浩次さんの肩を叩いて、斗南さんは書斎を出て行った。

「今の話は……本当なのかな」と浩次さんは呟いた。「どう思う、俊ちゃん」

「証拠はあの本だけですから、判断はつきませんが……もしかすると」

「もしかすると？」

「……いえ、なんでもありません。僕たちも出ましょう」

僕は言いかけた言葉を飲み込んで、浩次さんを促して部屋を出た。

予想外の形でもたらされた事実。残されていた謎の答えが、分かった気がした。


高浦さんの自宅をあとにした僕は、斗南さんたちと別れて一人で実家に戻ってきた。

まずやらねばならないこと。僕は斗南さんにもらったルテチウム含有鉱石を持って、ユーナの元に向かった。

ユーナは二階の自分の部屋にいて、小学五年生の国語の教科書を読んでいた。

「ユーナ。ちょっといいかな」

声を掛けると、「シュンペイ」と彼女はぱっと顔を上げた。出会って三日以上経つが、未だに彼女のまっすぐな瞳に見つめられるとドギマギしてしまう。

僕は鼻の頭を掻きながら、紙袋を彼女に差し出した。

「これ、頼まれてたやつ。ルテチウム入りだよ」

「znkzn！」

ユーナは声を上げ、手首に巻いていたブレスレットを外すと、それを黒い板へと変形させた。

「どう？　大丈夫そう？」

ユーナは板の表面を指でなぞり、表示された白い文字を見て、「ウン」と嬉しそうに頷いた。「ダイジョウブ！　アリガトウ、シュンペイ」

僕と握手を交わし、ユーナは黒い板に指で八の字を描いた。

わずかに光ったかと思うと、黒い板は折り畳まれた新聞紙を一気に開く時のように広がり、瞬時に棺型に変形した。この形態を見るのは、ユーナと出会った夜以来のことだった。

ユーナは「棺」を床に置き、部屋の隅に置いてあった布袋を取り上げた。自分が拾い集めた石や空き缶、ガラス片などを袋から出し、ルテチウム含有鉱石と一緒に「棺」の脇に並べていく。

「それ、どうなるの？」

「コレデ、ハナシ、デキマス」

「よく分からないけど……まあ、喜んでもらえたようでよかった」

「チョット、ジカン、カカリマス」ユーナはそう言って、「棺」の脇に腰を下ろした。

「シュンペイ、シリタイコト、アリマス」

「ん？　なんでも質問してよ」

「テンカワ、アキノ、ヒノッチ、シュンペイ。ミンナ、ナニシテル、デス？」

「何をしてるかって？　調査、って言って分かるかな。ちょっと、不思議な事件が起きててね。それを調べていたんだ」

僕はなるべく平易な言葉を選びながら、動物の不審死のことと、高浦さんの手首や腕が見つかったことを説明した。

「という感じで、大騒ぎになったんだけどね。でも、事件はもう解決……」

言いかけて、僕は口をつぐんだ。ユーナは眉根を寄せ、自分の手を凝視していた。

「……どうしたの？」

「シリタイ。カラダ、キル、ワルイコト、デスカ？」

「そりゃそうだよ。そんなことしたら、重い罰を受けなきゃいけなくなるよ」

「オモイ、バツ……」

「う、うん。……刑務所って、分かる？　悪いことをした人が、反省するために、何年も檻《おり》に入れられるんだ」

「ハンセイ……ナンネン……」

ユーナはかすれるような声で呟き、小さく首を横に振った。

「アリガトウ、ゴザイマス、シュンペイ。ワカリマシタ」

「あ、うん」ユーナが笑顔を取り戻したので、僕はほっとした。「それで、これからのことなんだけど……」

「ゴメンナサイ、シュンペイ」と言って、ユーナは床に横になった。「スコシ、ネムイ、デス。アトデ、ハナシ、シマス」

「そっか。朝、早かったもんね。じゃ、茶の間にいるから。起きたら下りてきてよ」

ハイ、と頷き、ユーナは目を閉じた。


一階に下りると、僕は三人の先輩に声を掛けて、茶の間に集まってもらった。

ユーナは眠っているので参加できないことを告げ、僕はまるで推理小説の探偵のように「さて」と切り出した。

「さっき、斗南さんと一緒に、高浦さんの自宅を見てきました。そこで、一冊の本が発見されました。ホムンクルスの作り方が載っているものです」

「あれ、それって……」

月宮さんに向かって頷いてみせる。

「そうです。斗南さんの自宅から盗まれた本です。盗んだのは高浦さんだったんです。犯罪に走ってまで、高浦さんがその本を手に入れたかった理由。それは、ホムンクルスの製造方法を知りたかったからに他なりません」

「でも、どうして盗みなんて……。斗南さんに借りれば済む話じゃない」

「止めろと言われると思ったんじゃないですか。斗南さんに教えてもらったんですが、ホムンクルスの材料には、本当に様々なものが使われるそうです。そして、その中には普通の生活では入手不可能なものも含まれています。……例えば、動物の生き血」

「……そういうことか」と天川さんはひとりごちた。

「猫の血液、牛の血液、人の血液……亡くなった恋人を蘇らせるためには、どうしてもそれらの材料が必要だったんでしょう」

「だから——猫と牛を殺した」と日野さんが低く抑えた声で言った。

「……そうだと思います。その傍証として、高浦さんが貧血で病院に運ばれた一件を挙げることができます。猫や牛でダメだったから、今度は自分の血を使うことにしたのではないでしょうか」

「深すぎる愛が、高浦氏を暴走せしめた、か。だが、実験の失敗が重なり、彼は冥加山の崖から身を投げた……それが真相だったのだろう」

天川さんは静かに言って、長いため息をついた。

「どうやら、潮時のようだ。残念だが、今回の調査は空振りに終わった。各自、帰京の準備に入ってくれ。整い次第、出発する」

僕は安堵していた。天川さんの表情には、悔いではなく、充実感が漂っていた。

月宮さんが僕の肩を叩き、「やるね！」と親指を立てた。「超現研のルール、ちゃんと守ってくれてるじゃない」

「お役に立てたようでなによりです」

「この村の出身ってことで、星原くんを無理やり連れてきちゃったけど、すごく活躍してたね。次の調査旅行にもぜひ参加してほしいな。有能な『暴走ストッパー』を務めてくれそう」

「……うーん。そうですね、一応、考えてみます」

「お願いね。それで——」月宮さんはそこで声を潜めた。「ユーナちゃんのこと、どうするつもり？」

「……まだ、その話はしてません。でも、出発するまでには、ちゃんとします」

「そう。うん、それならいいんだ。頑張ってね、星原くん」

僕は天井を見上げた。ユーナはまだ寝ているだろう。もう少ししてから、彼女の部屋に行ってみよう。そう決めて、僕は先輩たちと共に荷物の整理に取り掛かった。

滞在中に出たゴミを片付け終わったところで、僕は一人で二階へと向かった。

どう切り出せばいいのか。この一時間半、ずっとそのことを考えていたが、結局、妙案は思いつかなかった。成り行きに任せるというのが、僕が出した結論だった。

ユーナの部屋の前に立つ。今、僕は人生で一番緊張しているかもしれない。

高鳴る鼓動をぶつけるように、ドアをノックする。返事はない。少し迷ったが、出発まであまり時間がない。僕は意を決して、ドアを開けた。

「……えっ」

僕は一瞬、部屋を取り違えたのかと思った。

消えていた。床で寝ているはずのユーナも、その脇にあった「棺」も。

起きだして、知らない間に外に出たのだろうか。しかし、それなら僕たちの誰かに一声掛けるはずだ。

部屋を出ようとした時、視界の隅を白いものがかすめた。部屋の隅に、折りたたまれた紙が落ちている。

僕は唾を飲み込み、小さな紙片を慎重に拾い上げた。

それは、国語の教科書の巻末にあるメモスペースを破り取ったもので、拙い日本語でこう書かれていた。

〈からだ　きる　わるい　こと　しらない　でした　みんな　しゅんぺい　きっと　こまる　わたし　ここから　さようなら　します〉

僕は頭の中で、不完全な文章を何度も反芻した。

ユーナは、僕たちに迷惑を掛けないように、この家を抜け出した……彼女が犯した罪、それは……「体を、切ること」……つまり、手首や腕を切断すること——。

「そんな……」

僕はよろめいて、畳に手をついた。

高浦さんを殺したのは、ユーナだったというのか……?

一瞬、激しいめまいに襲われたが、僕は首を振って、無理やりに立ち上がった。

まだ、ユーナが犯人だと決まったわけではない。最悪の結論を出す前に、彼女に直接話を聞かねばならない。

ぐずぐずしている時間はない。僕は部屋を出ると、飛び降りるように一階へと戻り、自分の荷物をまとめている先輩たちに声を掛けた。

「ユーナちゃんがいなくなった？」月宮さんが目を丸くする。「どこに行ったか、全然分からないの？」

「困りましたね」日野さんが眉根を寄せた。「もうすぐ出発の時間ですが……」

「申し訳ないですが、出発を延期してもらえませんか」

僕は先輩たちを見回しながら言った。このままサヨナラなんて絶対に嫌だ。

「……彼女と話したいことがあるんです。もし迷惑なら、僕一人だけ村に残っても構いません」

「そんな薄情な真似ができるか」天川さんは自分のリュックを放り出し、すっくと立ち上がった。「ここで話をしている時間があるなら、さっさと探しに出るべきだろう」

「そうだね。よし、行こうか！」

「ありがとうございます！」

「礼を言うのはまだ早い。急げ！」

走って玄関へと向かう天川さんを追って、僕たちも外に出た。

## 3

手分けしてユーナを探すことになり、先輩たちと家の前で別れた。

左右を見回しながら村道を駆けていくが、辺りに人影はない。これでは、目撃情報は期待できそうにない。

気《せ》ばかりが急いて、足が空回りしそうになる。空には厚い雲が立ち込めていて、じっとりと生ぬるい空気が、不安を煽《あお》るように僕の体にまとわりついてくる。

「――俊平くん？」

ふいに声を掛けられた。足を止めて振り返ると、すれ違ったばかりの白い軽乗用車の運転席から、真尋さんが顔を出していた。

「どうしたの、ずいぶん慌ててるみたいだけど」

「人を探しているんです。僕たちと一緒にいた、外国人の女の子なんですが。どこかで見ませんでしたか」

「ううん。……その子がどうかしたの」

「……ちょっと、ケンカをしてしまって。それで、行き先を告げずに出て行ってしまったんです」

　申し訳ないと思いつつも、僕は嘘をついた。今の段階では、刑事である真尋さんに、ユーナの書き置きのことを話すわけにはいかない。

「いつ出て行ったの？」

「一時間くらい前だと思うんですが」

「そのくらいなら追いつけそうね。あの子、足が悪いんでしょ？」

「あ、いえ、小指の怪我はすっかり治っているんです」

「……ああ、そうなの」

「もしかすると、もう村からずいぶん離れてしまったのかもしれません」

「話は車の中でしましょう。探すのを手伝ってあげるから」

「いいんですか？　どこかに行くつもりだったんじゃ……」

「大丈夫。少し前に、天川くんから連絡をもらってね。調査は終わりにするって言うから、帰る前に話を聞かせてもらおうと思っただけ。全然急ぐことじゃない。その子を探す方が大事だよ。いいから、早く」

「ありがとうございます」

　頭を下げ、助手席に乗り込む。

「村から出て行くつもりなら、バスに乗ったはずよね。バス停に行ってみようか。目撃情報があるかもしれない」

「……いえ、それはないと思います。彼女はバス停の場所を知りませんから」

「じゃあ、移動は徒歩かな。何か手がかりはないの？」

僕は首を振って、シートに体を沈めた。ユーナが残していった書き置きには、行き先に関する情報はなかった。

闇雲に車を走らせて、果たしてユーナを見つけられるだろうか。僕は答えを出せないまま、フロントガラスを眺めていた。

その時、目の前のガラスに何かがぶつかった。なんだろう、と目を凝らす間もなく、ばたばたと音を立てて大きな水滴が落ち始めた。

「にわか雨か」と真尋さんが呟いた。「視界がきかなくなると、探しにくいんだけどな」

——雨。

濡れていくフロントガラスを見た瞬間、彗星《すいせい》のように閃《ひらめ》きが舞い降りた。

月宮さんが三日前に見た予知夢。雨の中に佇んでいたオブジェ。それは、冥加山の天文台にある、球を掲げた女性像のことだった。

あの夢が、ごく近い未来のことだったとすれば。

夢に、僕とユーナは登場していない。それなのに、先輩たちは一緒に行動している。

その状況を説明する、一つの答え。——僕に呼び出されたから。

　確証はない。でも、試してみる価値はある。

「真尋さん。冥加山の頂上にある天文台に行きましょう。なんとなく、そこに行けば彼女と会えるような気がするんです」

「心当たりがあるみたいだね。分かった。行ってみよう」

　真尋さんはあれこれ詮索することなく、すんなり僕の頼みを受け入れてくれた。

　子どもの頃、迷子になった僕を自宅に連れ帰ってくれた、頼りになるお姉さん。その印象は、十年以上経った今でも変わっていない。だから、こんな時に彼女がいてくれることが、この上なく心強かった。


　冥加山に入っても雨が止む気配はなく、まだ正午過ぎなのに、宵の口を思わせる薄暗さが辺りを覆っていた。

　本当に、天文台にユーナがいるのだろうか。車がカーブを曲がるたび、僕の不安が増していく。

　手首が見つかった、あの崖の裏を抜けるトンネルに差し掛かった時、ふいに、真尋さんが口を開いた。

「今朝、連絡があったよ。高浦くんの腕が発見されたって」

「あの……はい。聞きました」

「私はもう、捜査から外されてるから分からないけど、たぶん、これから熊狩りが行われると思う。人を襲う可能性があるからね」

真尋さんは表情を変えずに、淡々と喋っている。

「高浦くんはもう生きてない。私もそれは現実として受け止めているつもり。でも、彼が自殺したっていうのは違うと思ってる。私の知っている彼は、そんな弱い人間じゃない。誰かが、彼を殺したんだって、そう確信してる」

「殺した……」

僕は自然と、あの夜のユーナの姿を思い出していた。

トンネルの照明が、車内を橙色《だいだいいろ》に染めている。ナトリウムランプの光で陰影が浮かび上がった真尋さんの横顔には、鬼気迫る何かが込められていた。

「手首の切断面は鋭いメスで切ったみたいに滑らかだった。あれは、熊の仕業じゃない。誰かが、高浦くんの体を切り刻んだの。……たとえ捜査が打ち切られたとしても、私は諦めない。絶対に、犯人を見つけ出してみせるから」

真尋さんは雨にもかかわらず、懸命にスピードを上げて山道を走ってくれた。

やがて、僕の視界に、一枚の看板が飛び込んできた。

道路脇に立つ、〈冥加山天体観測所〉と書かれた金属製のプレート。この間は夜だったので気づかなかったが、子供の頃、見るたびに心を躍らせた看板は、天文台が閉鎖された今も撤去されずに残っていた。目的地は近い。

「……真尋さん。ここから先は、僕一人で行きます」

「分かった。ここで待ってるから」

車が路肩に止まる。僕は助手席のドアを開けた。

「待って。これ、持って行って」真尋さんが後部座席に手を伸ばし、バッグから折り畳み傘を取り出した。「雨に濡れちゃうから」

「ありがとうございます」

彼女の気配りに感謝しながら、僕は車を降りた。雨は降り続けているが、風はほとんどない。傘を差し、坂を上っていく。

ガードレールの向こうに見えるはずの冥加村は、山の斜面から立ち込めるもやの向こうに隠れている。雲海を突き抜ける、標高の高い山を登っているような気分だった。

傾斜が徐々にきつくなる。息を整えて最後のカーブを曲がると、天文台のドーム状の屋根が見えた。

どうか、そこにいてくれ――。僕は祈るような気持ちで坂を上りきり、天文台の敷地に足を踏み入れた。

がらんとした駐車場にひと気はない。その奥に短い階段があり、例の女性像が置かれた広場に繋がっている。僕は足音に気を付けて階段を上った。

円形の広場の中心で、女性像が雨に打たれている。広場の周囲にはプランターが並べられているが、とうの昔に朽ちてしまったのだろう、花どころか枯れ草すら残っていなかった。

広場を横切り、天文台へと向かう。正面入口に続くアプローチには屋根が付いているが、そこにはユーナの姿はなかった。

身を隠すなら建物の中だろうか。天文台の入口のガラス扉を押してみるが、微動だにしない。施錠されたままだ。

まだだ。まだ、諦めるのは早い。

湾曲した外壁に沿うようにして、僕は天文台の裏手にある喫煙所に向かう。東屋のような、柱と屋根だけのシンプルな構造だが、雨はしのげる。愛煙家の父は、僕が天文台から出てくるのをそこで待っていたものだ。

わずか一分の距離。僕の胸は不安で激しく震え続けていた。

やがて、喫煙所の屋根を支える柱が、建物の壁の向こうに見えた。

僕は息を呑んだ。

夢が現実になったような違和感。思い描いた未来が待ち受けていたことへの驚き。

運命、という言葉が自然と思い浮かんだ。

「――ユーナ」

僕が声を掛けると、ベンチに腰掛けていた彼女が弾かれたように顔を上げた。

「シュンペイ……」

僕は頬が緩むのをどうしても止めることができなかった。

「よかった、ここにいてくれて」

ユーナが目を伏せて首を振る。

「ナゼ、ワカッタ、デスカ」

「……不思議な力のおかげ、としか言いようがないよ。そこ、座ってもいいかな」

ユーナの返事を待たずに、僕は彼女の隣に腰を下ろした。

灰皿が設置された小さなテーブルの向こう、コンクリートの地面の上に、あの「棺」が置かれていた。その周囲には、空き缶やガラス片、そして、僕が渡した、ルテチウム含有鉱石が並べられている。

「部屋にいた時にも見たね、この光景……。また、並べ直したの？」

「……ハイ。ジカン、スギマシタ。モウスグ、ハジマリマス」

ユーナが呟いたその時、「棺」が小さく震え、空気が漏れるような音が聞こえ始めた。

次の瞬間、僕は異様な光景を目撃した。

手も触れていないのに、「棺」の脇の石や空き缶が、炎に熱せられた氷のように崩れていく。いや、ただ崩れているのではない。見えないヤスリで削っているかのように、上端から消失している。

一分ほどで音は止んだ。空き缶は完全に姿を消し、ガラス片と石は半分ほどの大きさになっていた。

「……ど、どうなってるの、これ」

「デキマシタ」

ユーナは「棺」を開け、中から銀色の輪を取り出すと、当たり前のようにそれを首に装着した。

肌に吸い付くようにぴたりと嵌《はま》った首輪に触れ、ユーナは「あー、あー」とマイクのテストでもするみたいな声を出した。

「ユーナ、それは一体……？」

「——私の言葉が分かりますか、俊平」

彼女の口から唐突に流暢な日本語が飛び出した瞬間、僕は思わず振り向いていた。

「私が喋っているのです、俊平」ユーナはくすりと笑った。「その様子だと、ちゃんと通じているみたいですね」

「どうして……急に言葉が」

「これは翻訳装置です」と言って、ユーナは首輪を指差した。「あなたの言葉は自動的に私たちの言語に翻訳されます。同時に、私の言葉はあなたに理解できる言語に変換され、私の声帯を通して発声されます」

「……すごい」

呆然と、僕は呟いた。

「改めてお礼を言います。ありがとう、俊平。ルテチウムを探してきてくれて。翻訳装置の回路を作るために、この元素が必要だったのです」

「回路……？　そんなもの、どうやって作ったの。渡したのは鉱石だし、工作をする道具なんて持ってなかったじゃない」

「これを使ったのです」ユーナがどこか誇らしげに「棺」に触れる。「この装置は、内蔵メモリに登録されている物体を再生することができます。といっても、無から物体を作ることはできません。それを構成する元素が必要です。ある質量の鉄球を作るには、同じ質量の鉄を準備しなければなりません」

ユーナの言葉は理解できた。しかし、その意味がまったく伝わってこない。

「分からないよ、ユーナ。どうやったらそんなことができるっていうんだ」

「この星の科学水準では実現不可能なのですね。でも、私たちが開発した技術を使えば、可能なんです」

ユーナが口にした言葉が、僕の鼓動を早くする。

夜中に家を抜け出し、冥加山に行った時、僕はユーナに出身地を尋ねた。その問いに対し、ユーナは「ウチュウ」と答えた。あれは、冗談なんかじゃなかった。そのままの解釈――宇宙からやってきたという意味だったのだ。

「君は、その、宇宙人なの……?」

「はい。遠く離れた星から、この惑星にやってきました。正確な数字は分かりませんが、私の母星からは相当な距離があるようです」

ユーナが喋っている内容は、完全にSFのそれだった。荒唐無稽な説明と、眼前で起きた奇跡。矛盾する両者が、僕を混乱の底に突き落としていた。

ただ、一つだけ確かなことがあった。

ユーナのことを信じたいと感じている自分がいる。

それは間違いのない事実だった。異星人だと告白されても、ユーナに対する僕の想《おも》いは変わっていない。たとえ、それが冷静な判断だと呼べないものだとしても、僕はこの気持ちを大事にしたい。

「ええっと……いまさらなんだけど、君の名前は、『ユーナ』で合っているのかな」

「いえ、私に名前はありません」彼女は首を横に振る。「私は生殖ではなく、人工的に作られた生命体です。ただ、名前の代わりに、92-11というコード番号が与えられています。九十二番目のロットの、十一番目の個体という意味です。その数字を元素記号で表すと、この惑星では『ユーナ』という音になるのでしょう？　だから、私はその呼び名をそのまま受け入れました。コミュニケーションには名前があった方が都合がいいみたいでしたから」

「そっか。じゃあ、今まで通り、ユーナって呼ぶよ。……ユーナ。すごく、単純なことを訊いてもいいかな。どうして、君は地球にやってきたの？」

「……自分の星に住めなくなったからです」ユーナは淋《さみ》しげに言った。「この星と同じように、私たちの惑星も恒星の恩恵を受け、繁栄を続けていました。しかし、何事にも終わりというものはあります。恒星の肥大が始まったのです」

「ああ……そういうことか」

その可能性は、僕も考えたことがあった。何億年先か分からないが、星としての寿命を迎えた太陽が膨張を始める時が、必ずやってくる。間違いなく、地球の環境は激変するだろう。その時、人類はどうやって生き延びればいいのか。彼女たちは、その命題を突きつけられたのだ。

「私たちは、種としての生き残りのために、様々な方策を考え、実行に移しました。その一つに、移民カプセルの射出計画がありました。恒星の肥大の影響の少ない衛星から、あの——」と言って、ユーナは「棺」を指差した。「カプセルを射出し続けるのです。生存に適した惑星に到着することを期待して」

「そして、君は長い旅路を経て、この地球にやってきた」

「はい」とユーナは頷いた。

「……君が置いていった手紙、読んだよ」

「……はい」

「確認させてほしい。体を切ることが、罪だとは思っていなかった。君はそう書いていたよね。……あれは、どういう意味だったの」

「……私は、タカウラという人物の遺体を利用しました。その結果、切断された手首や腕が生み出されてしまったのです」

「……そう、なんだ」

僕はユーナの潔白を信じたいと思っていたし、実際に信じてもいた。この罪の告白は、裏切りじゃない。ただ、倫理観があまりに違いすぎていただけのことだ。ユーナは宇宙人で、僕たちとはまったく違う罪の概念を持っている。だから、遺体を損壊しても、平然と生活を送ることができる。

「でも、その理由は？　どうして、君はそんなことをしたの？」

「……効率的な肉体の再生のためです」

ユーナは眉間にわずかにしわを寄せながら、あの夜、崖の下で起きたことを語った。

それはあまりに現実離れしていて、しかし、その飛躍ぶりが、逆に真実味を生み出しているような気がして、自然と、僕はユーナの説明を素直に受け入れていた。

「――こうして、私は復活したのです」

「そうだったんだ……」

ユーナの罪は、どう解釈されるべきなのだろう。高浦さんを殺したわけではないし、手首や腕を意図的に切り落としたわけでもない。崖の上から飛び降りた彼の遺体を利用しただけだ。しかし、正直に申し出ても、警察は絶対に信じないだろう。

「……確かに、君がやったことは、何かの罪に当たるかもしれない。でも、証拠はたぶん出てこない。誰も、君が犯人だとは思わない。……黙っていれば大丈夫だよ」

「俊平。あなたは無理をしていますね」ユーナはふっと微笑んだ。「翻訳装置を通すことで、そういった感情の揺れも読み取れるのです。あなたは、人間の遺体を損壊することは、重い罪になると言いましたね。俊平は、私が罪から逃れることを、本当は良いとは思っていないのでしょう」

ユーナの指摘に、僕は動揺した。ユーナは、心の底に隠そうとしていた罪悪感までをも見抜いている。

それでも、たとえ一生、精神的な重荷を背負うことになっても、僕はユーナを守りたかった。あの日、僕たちが崖の下にいたことは、誰にも知られていない。僕たちが口をつぐんでさえいれば――。

僕はふと、微かな違和感を覚えた。

……誰にも、知られていない？

ユーナは僕の隣に腰を下ろし、そっと僕の手を取った。

「あなたに、辛い思いはさせたくなかった。しかし、あなたは私の罪を知ってしまった。だから、私はあなたを――」

「……ちょっと、待って」

僕はユーナの言葉を遮った。何か、大事なことを見落としている。だが、それに気づいてはいけない。そんな、相反した切迫感が僕を落ち着かなくさせる。

「どうしたのですか、俊平」

すぐ近くにいるはずなのに、ユーナの声が遠くに聞こえる。

脳が急速に活性化しているのが、自分でも分かった。

久しぶりの、知的な高揚感。ユーナと――本物の宇宙人と――出会えた奇跡が、念入りに封印していた、僕の好奇心を刺激したのかもしれない。

僕はもう一度、ユーナと出会ったあの夜のことを思い出す。

真実はどこにあるのか。まだ見ぬ宇宙人を想像して遊んでいたあの頃のように、いくつもの可能性が頭の中で映像として再生され、消えたり混ざり合ったりしながら統合されていく。

そして、僕は一つの答えにたどり着いた。

思わず、ため息がこぼれ落ちた。それは、あまりに陰惨な物語だった。

その時、僕は背後に何者かの気配を感じ、反射的に振り返った。

建物の陰から、ゆっくりと現れた人物。

そこにいたのは、雨合羽を着た真尋さんだった。

## 4

降りしきる雨の中で、真尋さんが微笑む。

「よかった。探してた子と、会えたんだ」

「……車で待っててくれるって、さっき……」

「そのつもりだったけど、遅いから心配になっちゃって。ほら、熊が現れないとも限らないじゃない？」

微笑んで、真尋さんが地面に置かれた「棺」を指差した。

「ねえ。それ、なに？　荷物にしては、やけに大きいけど」

「さあ？　最初から、ここにありましたよ」

ふうん、と呟き、真尋さんが喫煙所に近づいてくる。彼女は僕たちが腰掛けているべンチを通りすぎ、「棺」のそばに立つと、ひょいと中を覗き込んだ。

「空っぽだね。蓋が開いてるけど、最初から何も入ってなかったの？」

「ええ」と僕は頷いた。緊張感が僕の全身を支配していた。

思考の末にたどり着いた推理を口にするつもりはなかった。このまま、熊犯人説で落ち着いてくれれば、誰も傷つかずに済む——。

そう思った時、真尋さんがぽつりと呟いた。

「その子が……犯人だったんだ」

「えっ？」

「悪いと思ったけど、あなたたちの話、途中から聞かせてもらったよ。その子、遺体を損壊した、って言ってたよね」

「それは……」

なんとかごまかせないか、そう思って僕は必死で言葉を探す。だが、僕が言い訳を思いつく前に、ユーナが自分から口を開いていた。

「その方は、もしかして、ケイムショの方ですか」

真尋さんが眉根を寄せる。

「……？　私は警察官だよ」

「ケイサツカンとは、何をする仕事なのですか」

「簡単に言えば、罪を犯した人間を捕まえること、かな」

「……そうですか。では、私を捕まえてください」

「ユーナ！」

立ち上がろうとした僕の肩を、ユーナはそっと押さえた。

「いいのです、俊平。彼女に知られてしまった以上、私が罪を逃れれば、俊平に迷惑が掛かることになります。それは、私の望むことではありません」

「ダメだよ、そんなこと。もし、君が逮捕されたら……」

僕はその先の言葉を飲み込んだ。ユーナは異星人なのだ。もし、誰かがそのことに気づいたら、ユーナはきっと、実験用のモルモットのような扱いを受けることになる。どんな手を使っても、それだけは避けなければいけない。

「真尋さん」僕はすがるように彼女に視線を向けた。「なんとか見逃してもらえませんか。彼女は、ただルールが分かっていなかっただけなんです。警察は熊を犯人だと考えているんでしょう。黙っていれば、誰もユーナを疑ったりはしません」

真尋さんは雨合羽のフードを脱いで、喫煙所の柱に背中を預けた。

「……彼女を庇いたい気持ちは分かる。でも、聞いちゃったからね。刑事として、やるべきことをやらなきゃいけないの」

「そう、ですか……」

うつむき、僕は深呼吸をした。ユーナを守るために、覚悟を固めねばならない。

真実を語る覚悟。そして、人を傷つける覚悟。

「真尋さん」僕は顔を上げて言った。「一つ、教えてほしいことがあるんです」

「どうしたの？」

「ユーナを探していることを僕が話した時に、『あの子、足が悪いんでしょ』って言いましたよね」

「言った……ような気もするけど。それがどうかした？」

「なぜ、ユーナは足が悪いと思ったんですか？」

「それは……」真尋さんは二、三秒考えてから言った。「足を……怪我をしたって聞いたから」

「誰からですか」

「覚えてないよ、そんな細かいこと。別に大したことじゃないでしょ」

「そうかもしれません。でも、表現が気になったんです。さっきは、怪我の話をしていると勘違いしたのですが、『足が悪い』という表現は、『元々、歩行に問題がある』と思っていなければ出てこない言葉だと思いませんか」

「……そうかもね」

「でも、それは思い違いです。ユーナは最初から普通に歩けます。たとえどこかでユーナを目撃していたとしても、そんな思い違いは起こりえません。じゃあ、どうして真尋さんは間違った認識をしてしまったのか。……その理由は、杖にあるんじゃないかと思うんです」

僕は「棺」に目を向けた。崖の下から立ち去る時、朦朧《もうろう》としていたユーナは、「棺」を変形させた杖を手にしていた。

「ユーナが杖をついていたのは、八月一日の夜だけで、場所は手首が見つかった現場の近くです。その時、彼女はふらついていたので、遠目には足が悪いように見えたかもしれません。僕は懐中電灯を持っていましたが、周囲は暗いですから」

真尋さんに視線を戻す。彼女は口を強く結び、じっとこちらを見ていた。

「ユーナがそうやって歩いていたのはわずかな時間のことでした。上の道路に戻ってからは自転車に乗りましたし、それ以降、杖を持って外を出歩いたことはありません。つまり、『ユーナは足が悪い』と勘違いできるのは、あの夜、あの場所にいた僕たちを見ていた人だけなんです。ということは、真尋さんは僕たちが崖の下にいるのを目撃したことになります。ところが真尋さんは、僕たちが手首切断事件の現場にいたことを捜査情報として報告していません。普通ならありえないことです」

数秒待ったが、真尋さんからの反論はない。僕は続けて言った。

「理由として考えられるのはただ一つ。僕たちを見かけたことを話せば、必然的に、自分があの場にいた理由を説明しなければならなくなる。それを避けるためです。では、真尋さんはどうしてあんな辺鄙な場所にいたのか。……どうしてですか？」

「何の話かよく分からない」

真尋さんは呆れたように首を振る。

僕はため息をつきそうになるのをこらえた。まだ、終われないのか。

空から落ちてきた棺を見かけたから——。

彼女を傷つける覚悟を決めた一方で、僕は心のどこかで、真尋さんがそう答えることを願っていた。そうなれば僕は攻め手を失い、これ以上彼女を追い詰めなくて済んでいたかもしれない。

だが、真尋さんは「棺」を見ていなかった。僕のように、謎の飛行物体の正体を確かめるために、あの場所に向かったのではない。

「……僕の考えを言います。真尋さんは、高浦さんの遺体に残った証拠を消すために、あの場にいたんじゃないですか」

「証拠って、なに」

「二日前の夜に、何者かが僕の家に侵入して、あちこちにルミノール試薬をふりかけて行ったんです。そのことが分かったので、鑑識の人が使う、その手の試薬について調べてみました。例えば、四酸化ルテニウム。この物質を利用すると、被害者の皮膚に付いた犯人の指紋を検出できるらしいです。きっと、真尋さんはそういう知識も豊富ですよね。……だから、恐れたんじゃないですか。高浦さんの肉体から、自分の痕跡が発見されることを――」

ここから先は完全な空想です、と前置きして、僕はさらに続ける。

「手首が見つかる前日――七月三十一日に、真尋さんと高浦さんは会った。たぶん、高浦さんに呼び出されたんでしょう。そこで何かトラブルが起こり、高浦さんを殺してしまった。真尋さんは、高浦さんの遺体を、自殺に見せかけて処理することにした。夜、暗くなってから彼の車で冥加山に向かい、崖から遺体を落とした。靴を崖の上に残したのは、自殺が起きたことを誰かに気づかせるためでした。細工を終え、真尋さんは車をその場に残し、徒歩で山を下りた。ところが、冷静になると急に心配になってきた。争いになった時に、高浦さんの体に自分の痕跡が残ったかもしれない。もし、警察がそれを見つけたら――」

真尋さんは僕の話に耳を傾けている。僕の隣では、ユーナが静かに成り行きを見守っていた。

「居ても立ってもいられず、真尋さんは高浦さんの遺体を確認しに行った。あの夜、僕は車を見かけませんでした。真尋さんの方が、僕より先に現場に到着したんだと思います。車はどこか目立たないところに停めたんでしょう。崖の下に向かい、真尋さんは遺体ではなく、『棺』のようなものが置いてあるのを見つけた」

ユーナが教えてくれた、「究極の化学反応」。

その秘密を知った今なら分かる。

最初に遺体があった。次に、「棺」が降下した。やがて「反応」が起こり、その結果、「反応」に利用されなかった左手首と右腕が、「余り」としてその場に残った。直後に熊が現れ、食べるために右腕を持ち去った。真尋さんが到着したのはそのあとだ。

「真尋さんは、『棺』に高浦さんの遺体が入っていると思った。ところが、開けたくても開かない。そうこうするうちに、僕もその場にやってきた。真尋さんはとっさに森の中に身を隠した」

崖の下はひどく暗かった。隠れるのは簡単だっただろう。

「僕たちは真尋さんの存在に気づかず、やがてその場を離れた。杖をつくユーナを見たのはこの時です。誰もいなくなってから、真尋さんは『棺』があった場所を確認した。すると、なぜか遺体が消えている。混乱はここでピークに達します。ぐずぐずしていたら、また人が来るかもしれない。慌てていたでしょうし、左手首が残されていたことに気づかなかったとしても、仕方がなかったと思います。不安を抱えながら、真尋さんはその場をあとにしました。これが、あの夜に起きたことです」

それから、と僕は続けて言う。

「その後、消えた遺体を探すため、真尋さんは様々な策を講じました。『遺体を持ち去ったことを知っている』という主旨の手紙を僕の家に届けたのは、自首を促すためでしょう。UFOに関連する手紙で僕たちをおびきだし、家の中にルミノール試薬を振りかけて回ったのは、血痕を頼りに遺体の隠し場所を探るためでしょうね」

「……すごいね、俊平くん」真尋さんは苦笑していた。「よくそこまで想像できるなって、感心させられたよ」

「今の僕の話を、どう思いますか」

「自分で言ったじゃない。完全な空想だって。証拠があれば別だけど、これじゃあ、とてもじゃないけど実際にあったとは言えないよ」

「そうでしょうか」

そこで僕はユーナの耳元に口を近づけ、小声で言った。

「翻訳装置を外して。この先の話を……君に聞かせたくない」

ユーナは僕の目を見て頷き、銀色の首輪を素早く外した。

これでいい。これで、堂々と真尋さんとの交渉に臨める。決心はとっくについていた。

ユーナを守るために、僕は真尋さんを脅迫する。

「証拠を探すのは、真尋さんたちの仕事じゃないですか」

僕の言葉に、真尋さんの眉が、ぴくりと動く。

「……何が言いたいの」

「高浦さんの手首。彼の自宅。現場付近にあった彼の車。それらを徹底的に調べたら、犯人の痕跡が見つかる可能性はあります。今は警察は熊犯人説に傾いていますが、もし匿名の情報提供があれば、捜査方針を見直すかもしれませんよね」

「……俊平くんが、その情報提供者になるってこと？」

僕は首を小さく横に振った。

「取引をしませんか。ユーナを見逃してくれるなら、僕は警察に何も言いません」

「……私も警察官なんだけどね」

「承知の上で言っています」

僕は真尋さんの瞳をまっすぐに見つめた。彼女も、僕の目を見ていた。

視線のぶつかり合いは、一分近く続いただろうか。

やがて、真尋さんは深いため息をついた。

「……分かった。俊平くんの言う通りにしましょう」

僕はふうっと、安堵の吐息を漏らした。

「……お礼を言うのは変なんですけど、それでも言います。取引に応じてくれてありがとうございます」

「やめてよ。それじゃあ、まるで私が自分の罪を認めたみたいじゃない。私は無実。でも、痛くもない腹を探られるのは嫌なの」

　さばさばした口調で言って、真尋さんはポケットに手を入れた。

「ところで、さっきの君の推理なんだけどね。どうして高浦くんが私を呼び出したって思ったの？」

「それこそ空想なんですけど。真尋さんもご存じの通り、僕たちはキャトルミューティレーションの調査を行っていました。ただの噂じゃなくて、実際に猫や牛の血が抜き取られていることも分かりました。そして、これはまだ警察には話していませんが、どうやら、高浦さんは錬金術に傾倒していたようなんです」

「それって、石から黄金を作り出すっていうやつ？」

「一般に言う錬金術はそうです。でも、高浦さんは別のものを作ろうとしていました。ホムンクルス――いわゆる、人造人間です」

「人間を……造る、ね。それは……亡くなった婚約者のことね」

　そうでしょうね、と頷き、高浦さんが様々な材料を集めていたことを説明した。

「高浦さんは自分の血までをも材料にしていました。それでも、肉体の再生はうまくいかなかった。だから――次は、女性の血を使うことを考えた」

「できれば、死んだ婚約者と年齢の近い相手の血がいい。だから、私がいけにえに選ばれた――俊平くんはそう考えたから、彼が私を呼び出した、って推理したわけね」

「そういうことです。高浦さんは真尋さんから強引に採血しようとしたんじゃないですか？　真尋さんは抵抗し、揉み合いになった挙句、高浦さんを……」

「そこから先は言わないで」と真尋さんが僕の推理を遮った。

「……すみません」と僕は素直に謝罪した。

「ううん。いいんだよ」

真尋さんは大きく息をついて、ぞっとするような、妖艶な微笑みを浮かべた。

「それにしても意外だったなあ。俊平くんにこういう才能があったなんて。まるで、実際に起きたことをその場で見てきたみたいじゃない」

「そんな、才能なんて、別に……」

居心地の悪さを感じ、視線を外した時だった。

わずかな衣擦れの音と同時に、首筋で激痛が弾けた。

「俊平！」

隣でユーナが叫ぶ。

目の前に真尋さんがいる。その右手に握られた、バタフライナイフ。

自分の首から、熱いものが溢れ出ている。

触れると、手のひらに、真っ赤な液体がべったりと付いた。真尋さんに首を切られたのだ、とそこでようやく気づいた。

「……どうして、こんな……」

「当たり前でしょ。ああまで真相を言い当てられて、それで冷静に取り引きに応じろって言われてもね。君にはここで死んでもらうから」

真尋さんが吐き捨てるように言った。

「遺体は冥加池にでも捨てることにするよ。——あなたも一緒にね！」

真尋さんがナイフを握り直し、ユーナに襲い掛かる。

だが、ユーナは猫のような身のこなしで刃をかわす。

ふわりとテーブルを飛び越え、ユーナは地面に置いてある「棺」の蓋を取り去った。

一瞬で、黒い蓋が刀のような形状に変形する。

「——なによ、それ」真尋さんの声は震えていた。「それで、高浦くんをバラバラにしたのね」

ユーナは冷静に翻訳装置を装着し、「何のことでしょうか」と言った。

「とぼけないでっ！　あなたが犯人なんでしょう！　答えなさい。高浦くんの死体はどこにあるの」

「死体なら、目の前にありますよ」

「目の前って……」

真尋さんが慌てて首を左右に巡らす。

コンマ数秒のうちに全てが終わっていた。

ユーナが突き出した刀が、正確に真尋さんの心臓を貫いていた。

自分の胸に突き刺さった黒い刃を見下ろし、真尋さんは言葉にならない呻《うめ》き声を上げながら、その場にくずおれた。

ユーナは刀を手放すと、僕の隣に腰を下ろした。

「……殺し、ちゃったの」

「大丈夫です。彼女のデータは『棺』に登録されていますから、蘇らせることができます。推理は正しかったのです。俊平がやってくるより前に、彼女は『棺』に触れていました。『棺』には、触れた生物のデータを自動で読み取る機能があります。データが記録されていることが、彼女が犯人である、なによりの証拠です」

「そっか……」

ユーナはまた、魔法のようなあの化学反応を使うのだろう。

「僕も……死ぬのかな」

さっきから、視界がだんだん暗くなっている。それに、ひどく寒い。

「動脈が損傷しているようです。その出血では、生命を維持するのは難しいでしょう。でも、安心してください。『棺』に触れた時に、光を浴びたことを覚えていますか？」

「……ああ、あったね……そんなことも」

「その際に、俊平のデータが記録されました。だから、俊平も生き返ることができます。ただし、記憶はあの時点のものに巻き戻ってしまいます。目覚めた時に混乱しないように、私の方から、俊平の仲間の三人に事情を話しておきます」

「君の秘密を、全部喋っちゃうのかい……？」

「いいえ。異星人であることは伏せます。混乱を招かないために、筋書きをうまく組み立てます。結果的に、彼らには嘘の説明をすることになりますが……許してください」

「いいよ……そうした方がいいって、君が思うなら……」

「もう一つ、謝らなければいけないことがあります。さっき、俊平に言われて翻訳機を外しましたが、体に触れていれば翻訳は可能です。だから、二人の会話はすべて聞いていました」

「……そう、なんだ。謝らなくて……いいよ。ただ、軽蔑、されるかと思って……」

「そんなことはありません。私のために罪を犯そうとしたのです。感謝しています」

「……そっか。安心、したよ……」

微笑もうとしたが、頬がうまく動かなかった。

ユーナは僕の手を取り、耳元にそっと口を近づけた。

「……そろそろ、さよならを言わなければいけません。私と一緒にいると、俊平やテンカワやアキノやヒノッチに迷惑が掛かります。これからしばらくは、一人で生きていきます。この星の住人とどう向き合うかを、じっくり考えます」

「……そんな、こと、ない、から……行か……ないで、ユーナ……」

「ごめんなさい。でも、俊平と出会えてよかった。俊平と一緒にいると楽しかったです。とても……」

ぽたりと、肩に何かが落ちる音がした。

僕は閉じかけていたまぶたを、残されたわずかな力を振り絞って開いた。

「……泣か、ない……で……ユー、ナ」

ユーナは涙を拭って、笑顔を——僕の心を捉えてやまない、あの笑顔を——見せた。

それが、僕が最後に見た光景になった。

# LAST DAY and

目を覚ました時、僕はベッドの中にいた。

頭上には、見覚えのない、真っ白な天井が広がっている。

「――起きたか」

聞こえた声の方に顔を向けると、椅子に座っている天川さんと目が合った。

「気分はどうだ」

僕は軽く頭を振り、腕や足を伸ばしてみた。特に痛みはない。

「異常はなさそうですが……ここ、どこですか？」

「冥加村の診療所だ。眠りに落ちる前の記憶はあるか」

「……ええっと」僕はこめかみに指先を当てた。「夜、ミーティングがあって、それから……変なものを見かけて……」

喋りながら、僕は自分の記憶をたどる。

冥加村に到着する頃には、すっかり日が暮れていた。夜遅くまで飲み会をやって、布団に入ったものの、なんとなく寝付けなくて、僕はベランダに出た。そこで、謎の物体が空を飛んでいるのを見つけて、冥加山に向かった――。

僕は覚えていることを、ありのままに天川さんに伝えた。

「冥加山に到着した。そのあとはどうだ」

「……はい。その物体は崖の近くに落ちたみたいだったので、階段で現場まで行きました。そうしたら……地面の上に棺が置いてあったんです」

「それを見かけて、どうした」

「何が入ってるんだろうと思って、恐る恐る触ってみたら、棺が強烈な光を放ち始めて……」

説明の途中で僕は口を閉ざした。記憶は、視神経を焼き切ってしまいそうな、激しい光を浴びたところで途切れている。あのあと何が起こったのか。なぜ、僕は病院のベッドで目を覚ましたのか。必死で思い出そうとしても、まったく思い浮かばない。こんなことは初めてだった。

「──という感じで。すみません、状況が全然飲み込めないんですが……」

「記憶に混乱が生じていると聞いていたが、本当だったようだ。今お前が語ったのは、現実ではなく夢の話だ」

「え？　夢なんですか？　っていうか、聞いてるって、誰から聞いたんですか？」

「ユーナという、金髪の少女のことは覚えているか。彼女がそう言っていたのだ」

──ユーナ？　僕は首をかしげた。

「ええっと、外国人の方ですか？　ちょっと心当たりがないんですが」

「……そうか。それなら、無理に思い出すことはない」

天川さんが深いため息をついた時、病室のドアがノックされ、月宮さんと日野さんが揃って顔を見せた。

「あ、星原くん起きてる！」

「いいタイミングでしたね。虫の知らせというやつでしょうか」

「虫の知らせは、悪いことが起きる時に使うのだ」天川さんがすかさず修正する。「今、星原から話を聞いた。……何も覚えていないそうだ」

「そうなんだ……」と月宮さんが表情を曇らせ、「なんてことでしょう……」と日野さんが悲しげに眉根を寄せる。

「ええっと、ずいぶん深刻そうな雰囲気ですけど……何が起きたんですか？」

「お前は熊に襲われたのだ」と、天川さんが厳かに告げた。「そして、頭部を強打し、記憶の一部を失った」

「はあ」僕は自分の頭を撫でた。全然覚えていない。「どこで襲われたんでしょう……。崖の下ですか」

「いや。お前は、冥加山の頂上にある天文台を訪れていた」

「……でも、あそこは閉鎖されていますけど」

「天体観測ではない。お前はユーナという少女を探しに行ったのだ。その途中で、長塚真尋刑事の車に同乗した」

「真尋さん……？」

久しぶりに聞く名前に、僕はなんとも言えない懐かしさを覚えた。彼女が警察官になったという噂は聞いていたが、僕が東京に引っ越してからは一度も会っていない。まったく覚えていないが、どうやら僕は彼女と再会していたらしい。

「ユーナは果たして天文台にいた。興味を覚えてそこまで歩いていったそうだ。帰ろうとしたところで、お前たちは熊に襲われた。お前は逃げようとして、雨で足を滑らせて転んで気絶した。長塚刑事は抵抗を試みたが、熊に殴られて意識を失った」

「それで……どうなったんです」

「ユーナちゃんが石を投げて、なんとか熊を追い払ったんだって。すごい勇気だよね、ホントに」

まるで自分の手柄であるかのように、月宮さんが嬉しそうに教えてくれた。

「こうして危機を脱したが、意識を取り戻した時、お前は、ひどく混乱していたそうだ。記憶喪失が起こっていると気づいたユーナが、助けを求めるために私に電話をした。連絡を受けて、我々は急いで天文台に駆けつけ、救急車を呼んだ。搬送される時、お前は再び気を失っていた」

「……そうだったんですか。僕は、九死に一生を得たわけですね。……真尋さんはどうなりましたか」

「ここに入院している。まだ意識は戻っていないそうだが、怪我の程度は軽いようだ」

「そうですか。……ちなみに、今日は八月……二日ですか？」

「いや、五日だ」

「え？　そんなに経ってるんですか？　調査はどうなったんですか」

「もう終わった。全て忘れているのだろう。あとでゆっくり説明する」

「星原くんは、かなり活躍していましたよ。すべて動画に収めたんですが……」日野さんは、世の多くの女性が心惹かれるであろう、セクシーな吐息をこぼした。「残念なことに、データが全て消えてしまいまして。記録が残っていないんです」

ネット経由でウイルスに感染したようです、と日野さんは沈痛な面持ちで言った。

「仕方ないよね、消えちゃったんだから。――あ、そうそう」と月宮さんが手を打った。

「今朝、こんなものが届いたんだけど。星原くんが注文してたみたい」

渡された小箱に貼られた伝票には、差出人として、見覚えのない薬品会社の名前が記されていた。開けてみると、中には小さな褐色ビンが入っていた。

「酸化ルテチウム……？　なんですか、これ」

「あたしに訊かれても。何か理由があって、星原くんが頼んだんだと思うけど……」

先輩たちが知らないということは、注文したのは間違いなく僕なのだろう。しかし、一切記憶にない。こんなものを、僕は何に使うつもりだったのか。

「もしかしたら、ユーナっていう、外国人の女の子が事情を知っているかもしれません。その子はどこにいるんですか」

「彼女は、昨夜のうちに去ったようだ」と天川さんが答えた。「今朝、起きてみたら姿が消えていたのだ。探したが、村のどこにも姿はなかった」

「……そうなんですか。どこの国から来ていたんですか」

「私は訊いておらん。月宮はどうだ」

「あたしも知らない。……どこなんだろうね。あんな可愛い子がいる国って」

「そんなに可愛いんですか？」

「気になる？　日野くんの撮影した映像に映ってるから……って、消えたんだっけ。しまったなあ。あたし、写真とか全然撮ってないや。天川はどう？」

「私には不要なものだ。この夏の記憶は、しっかりと心に焼き付いている」

「会長の脳は最高性能の記憶媒体ですが、残念ながら出力は不可能です」と、日野さんは肩をすくめた。「すみません。星原くん。ユーナさんの映像は残っていません」

「ないものはどうしようもない。それで、今後のことだが――」

天川さんが居住まいを正し、軽く咳払いをした。

「夏季休暇はまだまだ残っている。できればすぐに、次の調査に移りたいと思う」

「はいはいっ！」と月宮さんがすかさず手を挙げる。「昨日、病院のテレビで見たんだけど、今、イギリスの有名な予知能力者が来日してるんだって！　めったにないチャンスだから、その人に会いに行こう！」

「ちょっと待ってください」と日野さんも手を挙げた。「今は夏ですよ。盆も近いこの季節に、心霊現象を調査しないという手はないでしょう。すでに、候補地はリストアップ済みです。北海道でも沖縄でも、好きなところをお選びください」

「待てい！　実は今朝、例のオカルトサイトに新しい書き込みがあったのだ。なんでも、青森で正十七角形のミステリーサークルが出現したらしい。しかも、内部からは謎の金属片まで発見されている。今この機を逃せば、痕跡は消えてしまうのだぞ！」

　三人の先輩の視線が空中でぶつかり、火花を散らす。

「夏は来年も来るし、ミステリーサークルなんてあやふや」

「冬にイギリスに行けばいいじゃないですか。会長も、二回連続は無しですよ」

「予知能力者とは、電話でも話はできる。そして、本物の心霊現象は季節を問わない」

　いつもの三すくみが始まる。先輩たちは自分のテーマこそが次の調査対象にふさわしいと、果てなきバトルの火ぶたを切ってしまった。

　できれば、他のところでやってほしいんだけどな……。

ため息をついた時、ベッドサイドの床頭台で、僕の携帯電話が震えだした。手を伸ばしてみると、画面には、浩次さんの名前が出ていた。

「——もしもし？」

「ああ、俊ちゃん。頭を打って入院したんだって？　体調はどうよ」

「おかげさまで、特に異常はないです。すみません、ご心配をお掛けして。こうして浩次さんと話すの、ずいぶん久しぶりですよね」

「昨日会ったばっかりじゃんか。……記憶喪失になったってのは、本当だったんだな。その様子じゃ、高浦伸吾さんの事件も忘れちゃってるんだろうな」

「なんですか、それ？」

尋ねると、浩次さんは懇切丁寧に、冥加村で起きた事件について解説してくれた。

「——で、伸吾さんは自殺で、死んだあとに熊にやられたって説に傾きかけてたんだけどさ、今、真尋さんが容疑者として浮かび上がってるんだよ」

「ええ？　どうしてそんな疑いが掛かってるんですか」

「俺のところにタレコミの電話があったんだよ。遺体を崖から落とすのを見たって。若い女の子の声で、妙に真実味があってさ。ガセじゃなくてマジっぽかったから、ちゃんと調べるように上司に進言したよ。もしかしたら、発見された手首や腕に、真尋さんの指紋が残ってるかもしれないからさ。今は入院してるけど、万が一何か出たら、退院即任意同行ってパターンだろうな。間違いなく、この村始まって以来の大事件だよ」

高揚しているらしく、浩次さんはしばらく一人で喋りまくっていた。

「――とまあ、そういう事情だから。外出するんなら、熊には気をつけろよ。じゃあ、そろそろ切るわ。今度はおじさんおばさんと一緒に帰ってこいよ」

はい、と答えて、僕は電話を切った。

携帯電話を元の位置に戻そうとして、僕は手を止めた。

「……あれ？」

待ち受け画面が変わっている。普段は黒一色のシンプルな背景にしているのに、なぜか別の画像になっていた。失われた数日の間に、僕がやったことなのだろうか。

画面には、牧草地の中で、こちらを見て笑っている、金髪の外国人少女が映っていた。

完璧だ、と僕は思った。彼女の容姿は、今まで出会ったどの女性より魅力的で、僕はひと目で心を奪われてしまった。

「……もしかして、この子がユーナですか」

携帯電話を見せると、月宮さんはバトルを一時中断し、「そうそう！」と嬉しそうに頷いた。

「いい写真だ」と天川さんがぽつりと漏らす。

日野さんは頷いて、「彼女はいつも笑っていましたが、この笑顔には、信頼や親愛といった、ポジティブな感情がいくつも込められているようです」とコメントした。

僕はもう一度画面に目を落とした。

ユーナに会ってみたい――その思いが、自然に湧き上がっていた。

だが、ユーナはすでにこの村を離れてしまったという。なぜ、僕はもっと早く目を覚まさなかったのか。そもそも、どうして記憶を失ってしまったのか。僕はきっと、この数日の間に、この子と何度も会話を交わしていたはずだ。少しは仲良くなっていただろう。そうであってほしいと思う。

もう、二度と彼女とは会えないのか……？

いや、と僕は首を振った。

不思議な高揚感が、全身に満ち溢れていた。活力が次から次へと湧いてくる。こんな気分になったのは、子供の頃――宇宙に果てしない興味を抱いていたあの頃――以来かもしれない。

「――すみません」

僕は、テーマを巡る戦いを再開しようとする先輩たちを制して言った。

「次の調査テーマは、僕に選ばせてもらえませんか。提案者として、僕も調査に参加しますから」

「ほう」と、天川さんが眼鏡のつるを持ち上げる。「言ってみろ」

僕は三人の視線を正面から受け止めた。

「ユーナの行方を調べましょう」

「……なるほど、確かに彼女には、オカルティックな雰囲気があった」天川さんが納得顔で言う。「……もしかすると、宇宙人かもしれんな！　うむ、調査対象とするにやぶさかではない！」

「まさかあ！」月宮さんは笑いながら天川さんの背中をバンバン叩く。「でも、それって名案かも。あたしも、ユーナちゃんに会いたい！」

「なかなか難しい調査になりそうですが、手応えは充分でしょう」と日野さんがビデオカメラを僕に向ける。

「決まりってことで、いいですか」

三人の先輩が、やる気に満ちた表情で揃って頷く。

「ありがとうございます」と頭を下げて、僕は窓の外に目を向けた。

田畑と森と、鎮座する冥加山――太陽の光を受けて輝く緑のグラデーション、そして、背後に広がる青い空。

昔からよく知っている、冥加村の夏の景色がそこにあった。

僕たちはこの地球に生きている。同じ空気を吸って、同じように太陽の光の下を歩いている。

――だから、いつかきっと、出会えるはずだ。

ユーナと再び巡り合う瞬間を思い描きながら、僕は八月の空を眺めた。

# エピローグ

私は「再生」作業の前に、思考のための時間を取ることにしている。次の「私」に、数十年は続く、孤独な作業を強いる。その覚悟が確固たるものであるかを、私は改めて自分に問う。

揺るぎはない。私は明確な決意と共に部屋を出た。

引き継ぎ作業を行う特別室は、施設の一番奥にある。万が一、隕石やスペースデブリが衝突しても、ダメージはほとんどないはずだ。

正方形の部屋の隅に、移民カプセル――「棺」とまったく同じものが設置されている。その中には、人体の再生に必要な元素が保存されている。

さっそく、作業に取り掛かる。「棺」の表面に触れると、いくつかのアイコンが浮かび上がる。迷わず、「再生」をタップする。「棺」がわずかに震え、すぐさま再生が開始された。

最後の無重力を楽しむように宙に浮かびながら、肉体の再構成が終わるのを待つ。

装置の内部、あるいはその近傍にある元素を取り込み、原子一個分のずれもなく、指定位置に元素を配置していくことで、メモリに登録された物体を再構成する――私は今でも、この技術の基礎理論を編み出した科学者に対する畏敬の念を禁じえない。

この装置で再構成できる物体に制限はない。純粋な金属から精密な工芸品を作ることも、炭からダイヤモンドを作ることも、必須元素から人間を再生することもできる。

私はエンジニアだ。研究されずに歴史の中に埋没していたこの技術を実用化にこぎつけることで、私は無限の生命を手に入れた。過去の――技術が完成した時点の――肉体情報を登録しておけば、いつでも若い「私」を蘇らせることができる。これは不老不死と同じことだ。

ただ、再生された「私」は、あくまで登録時点の「私」であり、老いた私と記憶を共有しているわけではない。故に、私が今からやろうとしているように、引き継ぎ時の情報伝達が欠かせない。

物思いに耽《ふけ》っているうちに、再生プロセスが完了していた。

私は装置に近づき、自動的に蓋が開くのを待った。

やがて、「棺」の中にいた、三十代の私が起き上がってきた。

「気分はどうかな」

声を掛けると、「私」は頭を振って、ゆっくりとこちらを見た。再生直後はしばらく意識が朦朧とするものだ。

「……ああ、老けたなあ」

ぼんやりした目で「私」はそう呟いた。私は思わず苦笑した。私が同じように、先代の自分の手によって再生した時にも、同じことを口にした気がする。

若い「私」の意識が鮮明になるのを待って、私は彼に尋ねた。

「自分のやるべきことは分かっているかな」

「……『棺』を製造し、宇宙に向かって撃ち出す。それ以外に、新しいミッションは増えているのか？」

「いや、それでいい」と私は頷いた。

再生は成功だ。最初に肉体をデータ化する際に、自分のやるべきことを徹底的に頭に叩き込んでおいた。エラーさえ起きなければ、何度蘇ろうと、「私」は私の任務を忘れないだろう。

「この何十年かで、何か変化はあったのか」

「大丈夫だ。隕石の衝突や資源の枯渇など、致命的なトラブルは起きていない」

「……恒星はどうなっている？」

「依然として肥大を続けているが、まだ、我々の作業は継続可能だ」

「技術的な変化はどうだろう」

「そちらも変わりはない。念のために、説明しておこう」

移民プロセスは、生存に適した惑星を探索するための旅だ。ただし、この基地から撃ち出される「棺」の中身は、空だ。

生命体を入れると、コールドスリープを行う装置とエネルギーが必要になり、また、発射時の加速や宇宙放射線にも注意を払わねばならなくなる。生きたまま何光年も先まで送り届けるのは、非常にコストの掛かる作業なのだ。しかし、中を空にしておき、現地で肉体を再生すれば、これらの要件を無視できる。

地上に到着後、「棺」は自動的に、登録されている移民者のうちの一人を再生する。再生を効率的に行うため、大気圏突入後、必要な元素が容易に集められる場所に「棺」が降下するようにプログラミングしてある。

多様な鉱物が得られる山岳、海洋の近くの砂浜、有機物の豊富な森――候補はいくつかあるが、肉体再生に最適な場所は、生命体の死骸――生きている状態では「棺」に取り込めない――の近くだ。ゆえに、生命体がいる惑星に関しては、安全な場所にある、適当な大きさの死骸の付近に着陸、その場で再生を開始する、というスキームが優先されるようになっている。

腐敗していても、構成タンパク質が違っていても、必要な元素が揃っていれば、移民者の再生は可能だ。消費されるのは、肉体の再構築に必要な分の元素だけで、残った死骸は「余り」としてその場に留まる。

「──以上だ。再生技術と、それを利用した移民プロセスは、完成時点から一切手を加えていない」と、私は言った。

「……そうか」と若い「私」は息をついた。「状況は分かった。ただ無心に、発射作業を続ければいいわけだな」

「ああ。私はずっと手動でやってきた。自動化するかどうかは、そちらに任せよう」

「……いや、プロセスを完全に自動にしてしまえば、トラブルが起こるのを待つ以外にすることがなくなる。それは……地獄だ」

「よく分かっているじゃないか」と私は笑った。

私の考え方は昔も今も変わらない。私たちはまた、新天地の開拓と人類再生という、壮大な夢を見ることができる。これで引継ぎ作業は完了だ。

「その調子で頑張ってくれ。私はそろそろお役御免だ」

たかが一人の肉体とはいえ、資源は貴重だ。私は安楽死の後、次の「私」を再生するための材料に戻ることになっている。

「お疲れさま、と言っておこうか」若い「私」が、今の私の肩に手を置いた。「ああ、もう一つ訊いておくことがあった。どこかから、電波は届いたか」

私は力なく首を振った。

「……いや。私も期待していたが、何の音沙汰もなかった」

自分と喋っているうちに、くすぶっていた悔いがじわりと浮かび上がってきた。

私がこれまでに送り出してきた、無数の生命。もし彼らがどこかの星にたどり着き、安定した生活が送れるようになったら、成功を知らせる電波を送ることになっている。だが、今のところ、その知らせは一度も届いていない。次の「私」に引き継がれるとはいえ、できることなら自分が生きて活動している間に、その瞬間を目の当たりにしたかった。

仕方ないさ、と自分を慰めたその時、私は微かに聞こえるアラーム音に気づいた。

「あの音は」と、「私」が首を巡らす。

私は「何かを感知したようだ」と言って部屋を飛び出した。

ドアをこじ開けるように端末室に飛び込み、コンソールをチェックする。

遅れてやってきた「私」が、「どうだ」と尋ねる。

私は無言で小さく首を振った。

私の右手が震えているのを見て、「私」は「放射線障害の影響か？」と気の毒そうに言った。

「違うんだ」私の声もまた、震えていた。「電波が届いている」

観測された電波は微弱だったが、そのパターンは、間違いなく人工的なものだった。

電波の送り手は、92－11という登録番号を与えられた女性だった。
私は端末を操作し、届いた電波信号の解読を試みた。
解読はあっけなく終わり、画面に一行のメッセージが表示された。
〈居住可能な惑星に到着。複数の生命体を確認。我々は彼らとの共存を選ぶ〉

# 解　説

大　森　望

エンターテインメント小説界に〝有機化学ユーモアミステリー〟という新分野を切り開いたパイオニア、喜多喜久の最新長編は、なんとびっくり、オカルト青春ミステリー。といっても、理系作家（有機化学系）代表の著者だけに、怪奇幻想方面には向かわない。ご本人のツイートによれば、

〈『真夏の異邦人』はSFミステリです。S（science）の中でもC（chemistry）に特化しているので、CFと呼ぶ方が正確かもしれません。化学の心は忘れませんよ！〉とのこと。いやまあ、この本を読んでケミストリー・フィクションだと思う人はまずいないでしょうが……。

ざっと説明すると、〝超常現象研究会のフィールドワーク〟という副題の通り、本書『真夏の異邦人』の主役は、常識では計りきれない不可思議な現象を研究することを活動目的とする新興サークル、東王《とうおう》大学〈超常現象研究会〉（略して超現研）のメンバー四人。

語り手の〝僕〟こと星原俊平《ほしはらしゅんぺい》は、サークル唯一の一年生。かつては宇宙人やUFOが大好きなSF少年だったのに、中学生時代の悲劇的な体験（妙に生々しい）がトラウマとなって、頑強なUFO否定派に転向。いまは科学を信奉《しんぽう》する理系学生として、オカルト的なもの一切を忌避《きひ》している。ところが、なんの因果か、詐欺《さぎ》まがいの勧誘にひっかかり、超現研に入会する羽目に……。

毎回テーマを決めて現地へ調査旅行に出かけるのがこのサークルの慣例で、過去には、「熊本で目撃されたUFOの調査」「心霊スポットとして有名な、愛知県にあるトンネルの調査」を実施してきた。それに続く第三のフィールドワークの目的地は、X県の冥加村《みょうがむら》。調査対象は、UFO好きにはおなじみの「キャトルミューティレーション」（宇宙人の仕業じゃないかと疑われる家畜変死事例のこと）。血液を抜かれ、体の一部を切り取られた牛の死骸《しがい》が冥加村で見つかった――という報告がネット上の掲示板に上がっているのを見た天川《てんかわ》会長の号令一下、超現研一行はその真偽を確かめに現地へ向かうことになる。問題の冥加村は、偶然にも、俊平が小学校時代を過ごした土地。案内役を押しつけられた〝僕〟は、サークルの先輩三人をともない、数年ぶりに懐しい村に帰ってきた……。

スポーツや男女交際に明け暮れる健全な学生生活を送った人は、〈超常現象研究会〉なんていかにもウソくさいサークルだなあと思うかもしれませんが、実のところ、たいていどこの大学にも、こういうオカルト研究系のサークルが実在する。著者の母校である東京大学にはかつてUFO研究会があったし、二〇一三年にはオカルト研究会（略称オカ研）が設立されている。僕が通っていたころの京大にも、UFO超心理研究会（略称U超研）という由緒《ゆいしょ》正しいサークルがあり、『異形《いぎょう》のテクスト』や『定本　何かが空を飛んでいる』で知られる英文学／オカルト研究者の横山茂雄《よこやましげお》（稲生平太郎《いのうへいたろう》）や、宗教学者の吉永進一《よしながしんいち》、SF批評家の鼎元亭《かなえもとゆき》などを輩出（？）している（関西だと、同志社大学UFO&PSI研究会とか、立命館大学UFO研究会とか、当時、他にもいろいろあったらしい）。とはいえ、さすがにフィールドワークはしてないだろうなと思ってたところ、前出の稲生平太郎氏は、あるインタビューに答えて、京大U超研の活動についてこう語っている。

本当に北は北海道から南は鹿児島まで行っていましたからね。そのときにいちばん思ったのは、世の中っていうのは自分が想像していたより変な人ばっかりなんだなと。みんな普通のおじさんおばさんなんですよね、地元で特に異常視されているということもなくて、ごく普通に暮らしてはる。ところが口を開けたら異常な、とても信じられないようなことを言い出すわけですよね。（中略）行動が変というんじゃなくて、世界観自体が、普通のところからは想像もつかないことを言う人がごろごろしている。

もっとも、『真夏の異邦人』で調査に赴いた超現研一行が出くわすのは、〝変な人〟というより〝変な事件〟。村に着いた早々、人間の切断された手首が発見されるという事例に遭遇し、〝僕〟以外の三人のメンバー（いずれも東王大学の二年生）は色めき立つ。

創立者にして会長の天川創一朗《そういちろう》は、ガリガリの痩身《そうしん》に太いフレームの黒縁眼鏡がトレードマーク。UFO／宇宙人マニア。相手がだれでも、書き言葉のような堅い（ぶっきらぼうな）口調でしゃべるため、しばしば年長者を怒らせる。

一九二センチの長身にロン毛のイケメン、日野劉生《ひのりゆうせい》は、低くて深みのある声の持ち主で、こちらはいつも丁寧語でしゃべる。心霊現象に強い興味を持ち、霊を撮影するためにいつもビデオカメラを回している。

紅一点は、ツインテールをお団子にしたミッキーヘア（ツインお団子ヘア）の月宮秋乃《つきみやあきの》。予知夢を見る体質の持ち主で、超能力、特に予知能力に強い興味を抱く。会長の天川に気があるらしい。

調査期間中、彼ら三人の先輩たちと実家で合宿することになった俊平は、その第一夜、寝つかれずひとりベランダに出たとき、夜空を飛ぶ怪しい物体を目撃。正体を探るべく自転車で冥加山へと向かい、まるで棺《ひつぎ》のような、真っ黒い長方形の箱を発見する。

「棺」の中で、一人の少女が仰向けに眠っていた。

透明感のある、金色の長い髪。柔らかく輝く、白い肌。優しい丸みを帯びた頰。緩やかなカーブを描く長い睫毛《まつげ》。凜々《りり》しさを感じさせる細い眉は、鳶色《とびいろ》をしている。一七年の頃はおそらく十代。僕と同じか、少し下だろう。女性にしては背が高い。一七〇センチ近くはある。服装はちょっと普通ではない。レオタードのような、体の線を際立たせる、黒色の薄い服に身を包んでおり、足にはバレエシューズに似た、窮屈そうな銀色の靴を履いている。まるで前衛芸術の演者のような姿だ。

のちにユーナと名づけられるこの金髪美少女は、当初は日本語が（英語その他のメジャーな外国語も）まったくしゃべれず、（俊平の前では）明らかに地球の科学水準を超えたテクノロジーをやすやすと操る。だれがどう見ても宇宙人（またはそれに準じる存在）なのだが、強固な宇宙人否定派の〝僕〟は、目の前にある事実を認めようとしない。結果、〝読者にはわかりきっている事実が語り手には見えない〟というパターンの笑いが何度もくりかえされることになる。

ぼんくらな主人公が、空から降ってきた美少女と知り合うというのは、ライトノベルSFの典型的なパターンですが（さらに遡《さかのぼ》れば、「羽衣伝説」や「竹取物語」にまでたどりつくわけで、古《いにし》えより、美女は天の彼方《かなた》からやってくるものだった）、本書の場合、先ほどの引用箇所を見てもわかるとおり、いまどきここまでベタなのはなかなかないんじゃないかというくらいベタな設定です。

地球で遭難したＥＴＩ（地球外知的生命体）が地球人と接触し、その協力を得て宇宙に帰る（仲間に救助を求める）という筋立ても、映画「Ｅ．Ｔ．」はじめ、これまで無数のＳＦ作品で描かれてきた。たとえば、シオドア・スタージョンの短編「タンディの物語」（河出文庫『不思議のひと触れ』所収）では、ＥＴＩが地球人の子供に協力してもらって（というか半分憑依《ひょうい》して）、帰還のために必要な微量元素セレンを大量に含むレンゲソウを集める。それと同様、〝僕〟も、ユーナのリクエストに応えてあれこれ奔走することになる。この二人の関係だけに注目するなら、『真夏の異邦人』はよくあるファースト・コンタクトＳＦなんですが、あくまでも小説の中心は、キャトルミューティレーションと切断された手首の謎をめぐる本格ミステリー要素にある。ＳＦパートとミステリー・パートがほぼ独立して進行するすれ違い感と、語り手の（喜多喜久作品らしい）トホホ感が本書の持ち味。古典的なＳＦの道具立てと、ライトノベル的なキャラ設定、意外と本格的な謎解きミステリーの骨格——この三要素を独特のとぼけた語りが包み込み、すいすい読めるライトなエンターテインメントに仕上がっている。

集英社文庫ではじめての著者なので、経歴を簡単に紹介すると、喜多喜久は一九七九年、徳島県生まれ。東京大学大学院薬学系研究科修士課程を修了後、大手製薬会社に就職。いまも研究員として勤務するかたわら、小説を書いている。

二〇一一年三月、第九回「このミステリーがすごい！」大賞優秀賞を受賞した『ラブ・ケミストリー』で単行本デビュー。発売直後から増刷を重ねる幸運なスタートを切る。

超自然的な美女が登場する第一作に続く『猫色ケミストリー』は、人格転移を扱ったドタバタ有機化学コメディ。第三作『ラブ・リプレイ』（文庫版で『リプレイ2.14』と改題）は時間ループもので、これまた〝惚れ薬〟を軸に有機化学ネタがからむ（以上、いずれも宝島社文庫）。

この初期三部作に続く『美少女教授・桐島統子の事件研究録』（中央公論新社）は、日本人女性初のノーベル賞（医学・生理学賞）受賞者・桐島統子教授をフィーチャーした生物学系ミステリー。実年齢は八十八歳なのに、謎の若返り病を発症したため〝美少女教授〟になってしまったという実に好都合な設定のもと、ワトスン役の東京科学大学一年生・芝村拓也とともに、学内で起きた怪事件に挑む。

これ以降は、超自然要素のないライトなミステリーが中心。中公文庫の《化学探偵Mr.キュリー》シリーズは、いわば『探偵ガリレオ』（東野圭吾）の化学版か。四宮大学理学部化学科の沖野春彦准教授と新人事務員七瀬舞衣のコンビが、一話完結の短編連作形式で、〝日常の謎〟を解く。

『恋する創薬研究室　片思い、ウイルス、ときどき密室』（幻冬舎）は、ドジっ娘《こ》属性のある冴えない理系女子がイケメン助教に恋をして一念発起。ところが美人で成績優秀なライバルが出現、さらには謎の脅迫状が……というラブコメ・サスペンス。

『二重螺旋の誘拐』（宝島社）は、幼い頃に妹を亡くした大学助手（薬学部神経薬理学研究室所属）香坂啓介のパートと、その先輩で、五歳になる娘を誘拐された佐倉雅幸のパートが交互に語られ、二重螺旋のようにねじれていく誘拐ミステリー。

そして今回は初のファースト・コンタクトSF（＋本格ミステリー）……というわけで、〝理系ミステリー〟の大枠はおさえつつも、喜多喜久は作風の幅をどんどん広げつつある。その魅力にとり憑かれる読者も日に日に増えているようで、今後の活躍が楽しみだ。

（おおもり・のぞみ　書評家）

この作品は、集英社文庫のために書き下ろされました。

# 集英社文庫　目録（日本文学）

姜尚中・森達也　戦争の世紀を超えて　その場所で語られるべき戦争の記憶がある
姜尚中　母―オモニ―
木内昇　新選組　幕末の青嵐
木内昇　新選組裏表《うらうえ》録　地虫鳴く
木内昇　漂砂のうたう
岸田秀・町沢静夫　自分のこころをどう探るか　自己分析と他者分析
喜多喜久　真夏の異邦人　超常現象研究会のフィールドワーク
北杜夫　船乗りクプクプの冒険
北方謙三　逃《の》がれの街
北方謙三　弔鐘《ちょうしょう》はるかなり
北方謙三　第二誕生日
北方謙三　眠りなき夜
北方謙三　逢うには、遠すぎる
北方謙三　檻《おり》
北方謙三　あれは幻の旗だったのか
北方謙三　渇きの街
北方謙三　牙
北方謙三　危険な夏―挑戦Ⅰ
北方謙三　冬の狼―挑戦Ⅱ
北方謙三　風の聖衣―挑戦Ⅲ
北方謙三　風群の荒野―挑戦Ⅳ
北方謙三　いつか友よ―挑戦Ⅴ
北方謙三　愛《いと》しき女たちへ
北方謙三　傷痕　老犬シリーズⅠ
北方謙三　風葬　老犬シリーズⅡ
北方謙三　望郷　老犬シリーズⅢ
北方謙三　破軍の星
北方謙三　群青　神尾シリーズⅠ
北方謙三　灼光　神尾シリーズⅡ
北方謙三　炎天　神尾シリーズⅢ
北方謙三　流塵　神尾シリーズⅣ
北方謙三　林蔵の貌《かお》(上)(下)
北方謙三　そして彼が死んだ
北方謙三　波《は》王《おう》の秋《とき》
北方謙三　明るい街へ
北方謙三　彼が狼だった日
北方謙三　罅《ひび》・街の詩《うた》
北方謙三　皸《ひび》・別れの稼業
北方謙三　草《そう》莽《もう》枯れ行く
北方謙三　風裂　神尾シリーズⅤ
北方謙三　風待ちの港で
北方謙三　海嶺　神尾シリーズⅥ
北方謙三　雨は心だけ濡らす
北方謙三　風の中の女
北方謙三　コースアゲイン
北方謙三　水滸伝一～十九
北方謙三・編著　替天行道　―北方水滸伝読本
北方謙三　魂の岸辺

S 集英社文庫

真夏《まなつ》の異邦人《いほうじん》 超常現象研究会《ちょうじょうげんしょうけんきゅうかい》のフィールドワーク

2014年9月25日 第1刷 定価はカバーに表示してあります。

著 者 喜多喜久《きたよしひさ》

発行者 加藤 潤

発行所 株式会社 集英社

東京都千代田区一ツ橋2-5-10 〒101-8050

電話 【編集部】03-3230-6095

【読者係】03-3230-6080

【販売部】03-3230-6393(書店専用)

印 刷 株式会社 廣済堂

製 本 株式会社 廣済堂

フォーマットデザイン アリヤマデザインストア マークデザイン 居山浩二



ISBN978-4-08-745233-4 C0193